名选新刊

# 域外词选

夏承焘 选校

张珍怀 胡树淼 注释

商务印书馆
The Commercial Press
2018年·北京

图书在版编目（CIP）数据

域外词选/夏承焘选校；张珍怀，胡树淼注释.—北京：商务印书馆，2018
（名选新刊）
ISBN 978-7-100-16869-4

Ⅰ.①域… Ⅱ.①夏…②张…③胡… Ⅲ.①词（文学）—作品集—世界—古代 Ⅳ.①I12

中国版本图书馆 CIP 数据核字（2018）第 278676 号

**权利保留，侵权必究。**

名选新刊
## 域外词选
夏承焘　选校
张珍怀　胡树淼　注释

商 务 印 书 馆 出 版
（北京王府井大街36号　邮政编码100710）
商 务 印 书 馆 发 行
北京市艺辉印刷有限公司印刷
ISBN 978-7-100-16869-4

2018年12月第1版　　开本 880×1230 1/32
2018年12月北京第1次印刷　印张 6 1/2

定价：30.00 元

## "名选新刊"出版说明

从古至今,阅读经典的选本,一直是了解和学习文学作品卓有成效的途径。传统的选本不仅保留了优秀的文学作品,还能够彰显编选者的文学观念,因此具有极高的理论研究、创作示范和文献校勘价值,对古代文学的发展起了巨大的推动作用。20世纪初以来,受西学的影响,古代文学研究更加深入。研究者们对作品选的编辑也倾注了极大的热情。他们更加注重作品的文学史意义和经典性,增加通俗的注释,以利优秀传统文化的传播和普及。

基于此,我馆推出"名选新刊"丛书。丛书强调经典性、普及性、示范性,以精选、精编、精校为旨归。其编选者都是20世纪古代文学领域最著名的学者,他们在作品的去取、文字的校订等方面更具有权威性。这些选本久有盛誉,此次重加搜采为一辑,并期尽善。"泰山不让土壤,故能成其大;河海不择细流,故能就其深。"希望这套丛书作为涓涓细流,为优秀传统文化的传承略尽绵薄之力。

商务印书馆编辑部
2018年10月

# 目　录

前　言 ·································· 夏承焘　1

## 日　本　词

**日下部梦香**　十首

水调歌头（林壑卸簪组） ···················· 3
扬州慢（隔柳渔乡） ························ 4
紫荑香慢（恰雏晴） ························ 5
解佩令（笋抽碧葠） ························ 7
青玉案（翠篷重问垂虹路） ·················· 7
临江仙（十里江村年欲晚） ·················· 8
惜秋华（一种幽葩） ························ 9
念奴娇（韶华转眼） ························ 9
东风第一枝（白獭痕消） ··················· 10
永遇乐（一霎秋晴） ······················· 12

## 野村篁园　十五首

东风第一枝（宿冻才消）··············································15

一萼红（雪初消）·····················································16

西子妆慢（绿盖风翻）··············································17

惜秋华（钿朵匀圆）··················································18

露华（凉波一碧）·····················································19

疏影（长亭几树）·····················································19

被花恼（碧湘波冷洗铅华）········································20

紫玉箫（吴燕低飞）··················································21

双双燕（禊辰渐近）··················································22

淮甸春（水乡春光）··················································23

夺锦标（乳燕将雏）··················································24

莺啼序（新鹍叫残晓月）···········································25

南浦（巴蜀雪全融）··················································26

疏影（烟粘雨织）·····················································27

青玉案（落花狼藉西溪路）········································28

## 山本鸳梁　六首

柳梢青（嫩日烘晴）··················································30

玉树后庭花（露桃花底空凝望）··································31

清平乐（一春红事）··················································31

蓦山溪（兴衰旦暮）··················································32

柳梢青（黄叶村幽）··················································33

虞美人（荷花开似凌波步） ………………………………… 33

## 森槐南　二十一首

南歌子（迷蝶魂难定） ……………………………………… 35
昭君怨（惆怅佳人一别） …………………………………… 36
满江红（落叶如鸦） ………………………………………… 36
水调歌头（文章固小技） …………………………………… 37
满江红（菊悴兰憔） ………………………………………… 38
贺新凉（何物无情否） ……………………………………… 39
前调（我亦难忘者） ………………………………………… 40
满江红（试望平原） ………………………………………… 41
国香慢（草绿瀛洲） ………………………………………… 42
酹江月（耆卿绝调） ………………………………………… 43
摸鱼儿（翠层层绿阴阴里） ………………………………… 45
恋绣衾（年时杠拜织女星） ………………………………… 46
沁园春（肥马轻裘） ………………………………………… 47
绮罗香（庙树闲红） ………………………………………… 48
百字令（仆心如水） ………………………………………… 49
前调（梦为胡蝶） …………………………………………… 50
前调（醒而狂者） …………………………………………… 52
前调（故人何在） …………………………………………… 53
前调（填词一道） …………………………………………… 54
前调（玉池仙馆） …………………………………………… 55

前调（梦楼听雨）················································ 56

## 高野竹隐　八首

贺新凉（一事关心者）·········································· 58
摸鱼儿（爱层层傍山依水）······································ 59
声声慢（滩名仿佛）············································ 60
高阳台（渔火长芦）············································ 61
燕山亭（豆雨初晴）············································ 62
东风第一枝（风障琴心）········································ 63
水龙吟（瀛风吹下仙姿）········································ 64
水调歌头（天风吹散发）········································ 65

## 德山樗堂　一首

极相思（一声长笛谁家）········································ 66

## 北条鸥所　七首

醉落魄（江南一别）············································ 67
昭君怨（昨日荷亭水榭）········································ 68
相见欢（泪痕忍裹鲛绡）········································ 68
前调（悝怃入梦偏惊）·········································· 69
减字木兰花（一枝楚管）········································ 69
双调南歌子（芳草萋萋绿）······································ 70
前调（金鸭香犹袅）············································ 70

**森川竹磎　六首**

　　疏影（收珠拾玉）····················71

　　金缕曲（杨柳青青色）················72

　　如此江山（封侯于我原无分）············73

　　解佩令（无鱼也好）··················73

　　绿意（帘纹水洁）····················74

　　沁园春（仆更如何）··················75

**附　填词的滥觞**······················76

## 朝　鲜　词

**李齐贤　五十三首**

　　沁园春（堪笑书生）··················85

　　江神子（银河秋畔鹊桥仙）··············86

　　鹧鸪天（宿雨连明半未晴）··············87

　　前调（客里良辰屡已孤）················88

　　前调（未用真珠滴夜风）················89

　　前调（乐府曾知有此堂）················90

　　前调（夹道修篁接断山）················91

　　太常引（栖鸦去尽远山青）··············91

　　浣溪沙（旅枕生寒夜惨凄）··············92

　　前调（见说轩皇此炼丹）················93

　　大江东去（三峰奇绝）··················93

蝶恋花（石室天坛封禅了）……………………………… 95
人月圆（五云绣岭明珠殿）……………………………… 96
水调歌头（行尽碧溪曲）………………………………… 97
前调（天地赋奇特）……………………………………… 97
玉漏迟（一年唯一日）…………………………………… 99
菩萨蛮（西风吹雨鸣江树）……………………………… 99
前调（长江日落烟波绿）………………………………… 100
洞仙歌（百花潭上）……………………………………… 101
满江红（汉代文章）……………………………………… 101
木兰花慢（骚人多感慨）………………………………… 103
前调（将军真好士）……………………………………… 104
巫山一段云（玉塞多缯缴）……………………………… 105
前调（南浦寒潮急）……………………………………… 106
前调（潮落蒹葭浦）……………………………………… 107
前调（万里天浮水）……………………………………… 107
前调（风紧云容惨）……………………………………… 108
前调（楚甸秋霖卷）……………………………………… 109
前调（远岫螺千点）……………………………………… 110
前调（远岫留残照）……………………………………… 110
前调（醉墨疏还密）……………………………………… 111
前调（解缆离淮甸）……………………………………… 111
前调（暗澹青枫树）……………………………………… 112
前调（衡岳宽临北）……………………………………… 113

| 前调（向夕回征棹） | 113 |
| 前调（海气蒸秋热） | 114 |
| 前调（雨霁长江碧） | 114 |
| 前调（傍石过清浅） | 115 |
| 前调（芳草城东路） | 116 |
| 前调（万壑烟光动） | 117 |
| 前调（过海风凄紧） | 117 |
| 前调（菖杏春风后） | 118 |
| 前调（隐见溪流转） | 119 |
| 前调（插水云根耸） | 119 |
| 前调（日照群峰秀） | 120 |
| 前调（老喜身犹健） | 120 |
| 前调（野寺松花落） | 121 |
| 前调（云压江边屋） | 121 |
| 前调（澹澹青空远） | 122 |
| 前调（晓过青郊驿） | 123 |
| 前调（旷望苽田路） | 124 |
| 前调（绝壁开嵌窦） | 124 |
| 前调（瘦骨千年立） | 125 |

## 越 南 词

**白毫子** 十四首

浣溪沙（料峭东风晓幕寒） …… 135

清平乐（青鞵布袜）·················· 136
摸鱼儿（草萋萋陌头三月）············ 136
法曲献仙音（露滴残荷）·············· 137
迈陂塘（倚南窗）···················· 138
疏帘淡月（朔风连夜）················ 139
剔银灯（一点豆青灿灿）·············· 139
摸鱼儿（最伤心）···················· 140
扬州慢（草阁微凉）·················· 141
金人捧玉盘（爱山幽）················ 142
解佩令（孤桐三尺）·················· 143
西江月（冉冉樱桃风信）·············· 144
两同心（水精帘静）·················· 145
小桃红（不管兰心破）················ 145

# 附录：李珣词

**李珣　五十四首**

渔父（水接衡门十里余）·············· 149
前调（避世垂纶不记年）·············· 150
前调（棹警鸥飞水溅袍）·············· 150
南乡子（烟漠漠）···················· 150
前调（兰桡举）······················ 151
前调（归路近）······················ 151

前调（乘彩舫）································152
前调（倾绿蚁）································152
前调（云带雨）································153
前调（沙月静）································153
前调（渔市散）································154
前调（拢云髻）································154
前调（相见处）································155
前调（携笼去）································155
前调（云髻重）································156
前调（登画舸）································156
前调（双髻坠）································157
前调（红豆蔻）································157
前调（山果熟）································158
前调（新月上）································158
西溪子（金缕翠钿浮动）························159
前调（马上见时如梦）··························159
女冠子（星高月午）····························160
前调（春山夜静）······························160
酒泉子（寂寞青楼）····························161
前调（雨渍花零）······························162
前调（秋雨连绵）······························162
前调（秋月婵娟）······························163
浣溪沙（入夏偏宜澹薄妆）······················163

前调（晚出闲庭看海棠）……………………………164
前调（访旧伤离欲断魂）……………………………164
前调（红藕花香到槛频）……………………………165
巫山一段云（有客经巫峡）…………………………165
前调（古庙依青嶂）……………………………………166
菩萨蛮（回塘风起波纹细）…………………………167
前调（等闲将度三春景）……………………………167
前调（隔帘微雨双飞燕）……………………………168
渔歌子（楚山青）………………………………………168
前调（荻花秋）…………………………………………169
前调（柳垂丝）…………………………………………169
前调（九嶷山）…………………………………………170
望远行（春日迟迟思寂寥）…………………………170
前调（露滴幽庭落叶时）……………………………171
河传（去去）……………………………………………172
前调（春暮）……………………………………………172
临江仙（帘卷池心小阁虚）…………………………173
前调（莺报帘前暖日红）……………………………174
虞美人（金笼莺报天将曙）…………………………174
定风波（志在烟霞慕隐沦）…………………………175
前调（十载逍遥物外居）……………………………176
前调（又见辞巢燕子归）……………………………176
前调（雁过秋空夜未央）……………………………177

前调（帘外烟和月满庭）·················· 178
中兴乐（后庭寂寞日初长）················ 178

后　记·························· 夏承焘　180

《域外词选》浅谈·················· 陶　然　181

# 前　言

夏承焘

予往年泛览词籍，见自唐、五代以来，词之流传，广及海外，如东邻日本、北邻朝鲜、南邻越南各邦的文人学士，他们克服文字隔阂的困难，奋笔填词，斐然成章，不禁为之欢欣鼓舞。爰于披阅之际，选其尤精者，共得一百余首，名之曰《域外词选》，目的在于促进中外文化交流。但注释校勘工作，迟迟未遑着手。近年得到张珍怀、胡树淼两同志的帮助，才得完成此项工作。

在脱稿付印之际，忆得往年编选域外词过程中，曾写有论词绝句数首。兹移录于此，作为此书简短的前言。

樱边觱篥迸风雷，一脉嵯峨孕霸才。并世温尨应色喜，桃花泛鳜上蓬莱。【日本嵯峨天皇】

日本词学，开始于嵯峨天皇弘仁十四年（823年）《和张志和渔歌子》五首，是为日本词学开山。上距张志和原作，仅后四十九年，迄今已有一千一百五十多年了。其时温庭筠才十岁左右。（《北梦琐言》谓"温庭筠号温锺馗。"）

　　待裁白纻作春衫，要教家人学养蚕。动我老饕横海兴，莼鲈秋讯似江南。【日本野村篁园】
　　野村篁园词集名《秋篷笛谱》。集中咏物之作甚多。咏食物有柑、笋、蚕豆、银鱼、蟹等，以姜白石、史梅溪刻划之笔，写江乡风味，令人有莼鲈之想。

　　情天难补海难填，历劫沧桑哭杜鹃。唤起龙神听拍衮，美人筝影倚青天。【日本森槐南】
　　森槐南有《昭君怨·题画兰》、《满江红·水天花月总沧桑图》、《绮罗香·湖上望东照庙》诸词。其《沁园春·上日漫填》结云："衮衮诸公，寥寥知己，敢道春光如线牵。非吾分，甚美人筝影，扶上青天。"末句甚奇。日本词人为苏、辛派词，当无出槐南右者。而其秾丽绵密之作，亦不在晏几道、秦观之下。

　　白须祠畔看眉弯，樊榭风徽梦寐间。待挽二豪吹尺八，星空照影子陵滩。【日本高野竹隐】
　　高野竹隐与森槐南角逐词坛，齐名于明治年间。竹隐早年诗学厉鹗，词境亦相近。其和槐南《贺新凉》、《百字令》诸作，乃勉为奔放激烈，实非本色。其《东风第一枝·和槐南》有云：

"记美人多爱鬈鬈，系缆白须祠畔。"风趣可想。其《声声慢·舟自七里滩至厚田》一首，有"滩名仿佛，七里空江"句，其地当在日本，而其词正无异于厉氏过泷滩之《百字令》，以风神相似也。

槐南竹隐两吟翁，梦路何由到海东？哦得玉池仙子句，白须祠畔泊乌篷。【日本森槐南、高野竹隐】

森槐南《贺新凉》有"玉池仙子"句。高野竹隐《东风第一枝》有"系缆白须祠畔"句。

北行苏学本堂堂，天外峨嵋接太行。谁画遗山扶一老？同浮鸭绿看金刚。【朝鲜李齐贤】

李齐贤字益斋。其一生行历，当我国元代之始终。两宋之际，苏学北行，金人词多学苏。元好问（遗山）在金末，上承苏轼，其成就尤为突出。益斋翘企苏轼，其词虽动荡开阖，尚有不足，然《念奴娇》之《过华阴》，《水调歌头》之《过大散关》、《望华山》，小令如《鹧鸪天》之《饮麦酒》，《蝶恋花》之《汉武帝茂陵》，《巫山一段云》之《北山烟雨》、《长湍石壁》等，皆有遗山风格，在朝鲜词人中，应推巨擘矣。（金刚，朝鲜名山。）

前身铁脚吟红萼，垂老蛾眉伴绿缸。唤起玉田商梦境，深灯写泪欲枯江。【越南白毫子】

白毫子名绵审，号椒园，越南宗室。有《鼓枻词》一卷，共一百〇四首。风格在白石、玉田间，写艳情不伤软媚。《疏帘淡月》咏梅花云："板桥直待骑驴去，扶醉诵南华烂嚼。本来面目，君应知我，前身铁脚。"《小桃红·烛泪》上下结云："想前身合是破肠花，酿多情来也。""纵君倾东海亦应干,奈孤檠永夜。"等等，皆堪玩味。

# 日　本　词

夏承焘　选校
张珍怀　注释

# 日下部梦香  十首

日下部香，字梦香，号查轩，江户人。天保十年（1839年）自行刊印《梦香词》。有紫芝山樵（野村篁园别号）及翠岩（设乐八三郎别号）序文。皆江户幕府时代词家。

## 水 调 歌 头
### 秋　感

林壑卸簪组①，气味似沙弥②。曾因梅以为姓③，姓字怕人知。容膝茅茨十笏④，刮目楞伽一卷⑤，身世共相遗。莫谓醉彭泽⑥，天命复奚疑⑦。　　芙蕖露，梧桐雨，岂维私。萧疏赢得短鬓，犹未制萝衣⑧。秋冷锦机投壁⑨，云霁玉筝分柱⑩；已是夜凉时。灯火小于豆，寻句捻霜髭⑪。

【注释】

① 簪组：贵人之冠饰。杜甫《八哀诗》："空余老宾客，身上愧簪缨。"曹植《七启》："华组之缨。"注云：组，绶属；小者以为缨，冠系也。"卸簪组"谓去官归隐。　② 沙弥：《魏书·释老志》：其为沙门者初修十戒，谓之沙弥。按沙弥为梵语室多摩拏，即出家为僧受十戒之称。　③ 梅以为姓：

《汉书·梅福传》载：梅福字子真，汉九江寿春人也。少学长安，为郡文学，补南昌尉，后去官归。至元始中，王莽颛政，福一朝弃妻子去九江，传以为仙。其后有见福于会稽者，变姓名为吴市门卒云。岑参诗："神仙吏姓梅。"  ④容膝：陶潜《归去来辞》云："倚南窗以寄傲，审容膝之易安。"十笏：《法苑珠林》引《西域传》：大唐显庆年中，王玄策因向印度，过净名宅，以笏量基，止有十笏，故号方丈之室也。  ⑤楞伽：佛经名。有四译，今存四卷本，十卷本、七卷本。此言一卷，泛言之耳。"楞伽"原为师子国（即今斯里兰卡）山名。佛在此处所说，即名《楞伽经》。  ⑥彭泽：《宋书·陶潜传》：潜为彭泽令，郡遣督邮至县，吏白应束带见之。潜叹曰："我不能为五斗米折腰向乡里小人。"即日解印绶去职。  ⑦天命复奚疑：陶潜《归去来辞》中有句云："乐夫天命复奚疑。"  ⑧萝衣：李白《白云歌送刘十六归山》诗："湘水上，女萝衣，白云堪卧君早归。"谓隐者以薜萝为衣。  ⑨秋冷锦机投壁：《古今注》：促织，一名投机。按此句谓秋冷鸣蛩在壁。  ⑩雪霁玉筝分柱：李商隐《昨日》诗："十三弦柱雁行斜。"此句以筝柱斜列成行，比喻雪霁飞雁横空。  ⑪寻句捻霜髭：卢延让《苦吟》诗："吟安一个字，捻断数茎须。"捻，以指拈物。

## 扬 州 慢

### 初冬鹿滨杂兴①

隔柳渔乡，种梅吟筑，小春独趁新晴。纵东风未到，已嫩麦青青。驻筇处、遥林叶落，甲山毛岭②，偏似相迎。任轻鞋、露紫霜红，踏去无声。　　倦来留憩，负微暄、茅葹三楹③。看卷雪归帆，剪柔烟舻，惬此诗情。自说狂生安分，优游不敢经营④。但满前澄碧，时时濯却尘缨⑤。

## 【注释】

①鹿滨：疑指日本九州鹿儿岛。　②甲山、毛岭：疑是日本山名或地名。　③茅葹：即茅屋。方夔《田家诗》："数椽茅葹护疏篱。"　④优游：闲暇自得貌。《诗·卷阿》："优游而休矣。"　⑤濯却尘缨：《楚辞·渔父》："渔父莞尔而笑，鼓枻而去，乃歌曰：'沧浪之水清兮，可以濯我缨，沧浪之水浊兮，可以濯我足。'"

## 紫萸香慢

### 重　阳①

恰雏晴②，轻岚深翠，一般稍报佳辰。更菊黄萸紫③，遣羁旅倍思亲。世路今番多累，奈登高望远，且拟参军④。但盈尊白酒，浅酌整乌巾。我老矣，霎时易醺。　　因循。宦薄家贫，何处寄此孤身。想陶公韵事⑤，滕王胜躅⑥，悉作埃尘。尚赢好词雄句，沉吟际、旋伤神。叹人间岁华如水，况兹秋暮，听了落木纷纷，风断雁群。

## 【注释】

① 重阳:《艺文类聚》四引魏文帝《与锺繇书》:岁往月来，忽复九月九日。九为阳数，而日月并应，俗嘉其名，以为宜于长久。　② 雏晴：犹初晴。　③ 萸紫:《续齐谐记》:汝南桓景随费长房游学累年，长房谓曰:"九月九日，汝家中当有灾，宜急去，令家人各作绛囊，盛茱萸以系臂，登高饮菊酒，此祸可除。"景如言，齐家登山。夕还，见鸡犬牛羊，一时暴死。长房闻之曰:"此可代也。"今世人登高饮酒，妇人带茱萸囊，盖始于此。④ 且拟参军:《晋书·孟嘉传》:孟嘉为桓温参军，九月九日桓温燕于龙山，寮佐毕集。有风至，吹孟嘉帽堕落，嘉不之觉。温命孙盛作文嘲之。嘉即答之，其文甚美。　⑤ 陶公韵事:《南史·隐逸传》:陶潜为彭泽令，解印绶去职。尝九月九日无酒，出宅边菊丛中坐久之，逢王弘送酒至，即便就酌，醉而后归。　⑥ 滕王胜躅:《舆地纪胜》:滕王阁在南昌郡城之西，唐高祖之子、滕王元婴所建也。《新唐书·王勃传》:勃过钟陵，九月九日都督大宴滕王阁，宿命其婿作序以夸客；因出纸笔遍请客，莫敢当。至勃，汎然不辞。都督怒，起更衣，遣吏伺其文辄报。再报，语益奇，乃矍然曰"天才也"。

## 解 佩 令
### 春　感

笋抽碧圃，樱酣绛坞。正韶景、今番如许。欲暖还寒，怯顽阴、稍催时序。扑纹窗、僽风僝雨①。　　茗烟一缕，篆香一炷。只懒睡、尽过停午②。梦里吟边，忆燕子、向谁家去。漫关情、杏梁巢处③。

【注释】

① 僽风僝雨：谓风雨折磨人。辛弃疾《粉蝶儿》词，"甚无情，便下得雨僝风僽。"僝僽，詈语。　② 停午：指日中正午。　③ 杏梁：司马相如《长门赋》："饰文杏以为梁。"

## 青 玉 案
### 江村春感

翠篷重问垂虹路①，轻载得、春山去。怪底何来香暗度？掠波娇燕，沉烟倦蝶，恰是销魂处。　　短长亭畔斜阳暮②，苔壁空残旧题句。搂指韶光今几许？杨花态薄，梨花梦淡，岂可堪风雨。

【注释】

①垂虹：桥名。在江苏吴江。姜夔《庆宫春》词序：绍熙辛亥除夕，予别石湖归吴兴，雪后夜过垂虹，尝赋诗云："笠泽茫茫雁影微，玉峰重叠护云衣。长桥寂寞春寒夜，只有诗人一舸归。" ②短长亭：古代行旅休息之处。《白帖》：十里一长亭，五里一短亭。李白《菩萨蛮》词："何处是归程？长亭更短亭。"

## 临 江 仙

### 寒 柳

十里江村年欲晚，严霜瘦损衰杨。残烟甚处是雷塘①？寒鸦栖未定，疏影透斜阳。　　谩记春风攀折际，丝丝染了鹅黄。者番何不断吟肠②？酒旗青一片，依旧尚飘扬。

【注释】

①雷塘：《太平寰宇记》：雷塘，在江都县北十里，炀帝葬于其地。按即今江苏扬州。 ②者番：这番。

## 惜秋华

### 牵牛花

一种幽葩，已秋迎绮节，翠绡将破。剩雨残烟，妆成尚含妍冶。何须秀蔓萦纤，开不尽露珠倾泻。今夜，映纱囊乱萤，彩灯走马[①]。　　曙月小窗下，尽痴儿摘去，欲添钗朵。恰是素飔萧飒，影欹香惹。吟怀占断新凉，想花庵往年闲雅[②]。无奈。这柔姿，午阴凋谢。

【注释】

① 彩灯走马：范成大《上元纪吴中节物》诗："转影骑纵横。"自注："马骑灯。"即今走马灯。　② 花庵：宋黄升号花庵词客。升早弃科举，雅意歌咏，闽帅楼秋房以泉石清士目之。

## 念奴娇

### 飞絮影

韶华转眼，已珊珊、几点杨花飘落。宛是横塘[①]，相映处、惹得春愁脉脉。去迹难寻，游魂不返，细滚轻于雪。东风冉冉，却疑也扑帘幕。　　缅想灞岸疏烟②，苏堤残月③，为萧郎攀折。犹有香球飞未定④，还又隔年离别。淡影如云，柔情似水，艳曳浑无力。谛瞻才认，迷濛画出晴色。

## 【注释】

　　①横塘：《中吴纪闻》：贺铸有小筑在姑苏盘门外十余里，地名横塘，贺作《横塘路》（即《青玉案》）词云："凌波不过横塘路，但目送，芳尘去。"称为绝唱。　　②灞岸：《三辅黄图》：灞桥在长安东，跨水作桥。灞水岸边多柳。相传汉唐人送客至此，折柳赠别。　　③苏堤：在杭州西湖。《宋史·河渠志》云：临安西湖至宋成葑田。苏轼开湖，因积葑泥为堤，相去数里，横跨南北两山，夹道植柳。林希榜为"苏公堤"。　　④香球：章质夫《水龙吟·杨花》词："香球无数，才圆却碎。"

## 东风第一枝

### 咏　　梅

　　白獭痕消①，苍蛟影迸②，东风已破皴玉。冻云缥缈新畲，落日萧条古驿。数株开遍，寻夙约、呼船穿屧（原"履"字，疑"屧"误）。恰那边、渐递幽香，掩映好苔修竹③。　　须醉着、淡红轻雪。未吟了、昏黄微月④。望迷一点银簹，梦断三声铁笛⑤。

似疏还密,把瓦砚、闲摹丰格。更几回、索笑巡檐⑥。缅想水曹官阁⑦。

## 【注释】

①白獭痕消:《拾遗记》:吴孙和尝于月下舞水精如意,误伤邓夫人颊,医者得白獭髓,杂玉与琥珀屑喷上,及瘥而有赤点如朱,更极其妍。诸嬖人要进者,皆以丹脂点颊而进。苏轼《再和杨公济梅花》诗:"檀心已做龙涎吐,玉颊何劳獭髓医。" ②苍蛟影迸:《梅谱》:古梅会稽最多,其枝樛曲万状,苍藓鳞皴,封满花身。萧德藻《古梅》诗:"湘妃危立冻蛟脊,海月冷挂珊瑚枝。丑怪惊人能妩媚,断魂只有晓寒知。" ③好苔修竹:《武林旧事》:苔梅有二种,一种苔藓特厚、花甚多;一种苔如细丝、长尺余。苏轼《梅花》诗:"竹外一枝斜更好。" ④昏黄微月:林逋《山园小梅》诗:"疏影横斜水清浅,暗香浮动月黄昏。" ⑤铁笛:《乐录》:汉横吹曲"梅花落",本笛中曲也。李白诗:"铁笛梅花引,吴溪陇上情。"又李白诗:"黄鹤楼中吹玉笛,江城五月落梅花。" ⑥索笑巡檐:杜甫诗:"巡檐索共梅花笑。" ⑦水曹官阁:《梁书·何逊传》:天监中,何逊起家奉朝请,迁中卫建安王水曹行参军,兼记室。杜甫诗:"东阁官梅动诗兴,还如何逊在扬州。"钱谦益注杜诗云:建安王天监六年为扬州刺史,何逊为其记室,正在扬州也。

## 永遇乐

### 秋 蝶

一霎秋晴，三竿嫩日，犹做蘧栩①。老菊含霜，衰兰泻露，点澹芳丛暮。蛩音初急②，蜩声已断③，梦里生涯未悟。奈凄飔、倦翎娇态，双双不复高举。　　园林寂寞，燕归莺噤，烟景更殊前度。静拂斑苔，徐随锦叶，欲学银鸾舞。粉衣零落，定栖无处，总是被风情误。向凉阴，还谌朗咏，颍川妙句④。

【注释】

① 蘧栩：《庄子·齐物论》：昔者庄周梦为胡蝶，栩栩然胡蝶也。俄然觉，则蘧蘧然周也。成玄英注云：栩栩，忻畅貌。蘧蘧，惊动之貌。　② 蛩：《尔雅·释虫》：蟋蟀之别名。　③ 蜩：蝉。　④ 颍川妙句：颍川疑指苏轼。苏轼曾知颍州军事（"川"字疑为"州"字之误）。苏有《次韵周长官寿星院同钱鲁少卿》诗："伶俜寒蝶抱秋花。"又蓼屿诗："抱丛寒蝶不胜情。"

### 附　梦香词序

金钗十二，卢家艳丽吟成；绮袖三千，汉殿繁华画出。寓深思于蕙□，屈大夫之凄绪可悲；抒古意于蘼芜，何库部之柔肠欲断。琵琶写恨，玉塞云昏；粉黛销香，铜台露湿。晋乐则痛逝年于黄雀，吴歌则诉苛政于白鸠。爰知昔日艳歌哀曲之端，已启当年减字偷声之兆。盖乐府胚胎于汉，而漫衍于六朝，词华祖称于唐，而张开于两宋。自句分长短，调定单双，剩粉零脂，人摹玉树之遗声；愁罗恨绮，户仿金荃之绝唱。扇底歌唇半掩，樽前醉袖争翻。敲残板拍于红罗，春风一半；恨杀铃声于翠辇，夜雨三更。乱石崩云，卷电砉雷轰之逸气；残阳暮霭，吊金铜玉碗之荒基。竞称居士之绿杨，名归一字；共羡尚书之红杏，誉映千秋。虽每种夸妍，各家标胜，大抵借迷离之况，以抽跌宕之思。冶韵淫声，间非无累德，清文雅调，亦足以陶情矣！吾友查轩，萤窗叩寂，兔窟投闲，瓦屋三间，魏阙名心已扫，珠帘十里，扬州幻想全消。新开鹿水之遐陬，宛缩鸳湖之胜地。梅花月冻，梦暗香于吟枕，柳影烟迷；描远意于鱼篷。茭券菱租，买断鸥波之浩荡；瓜棚豆援，诛残蝶卉之荒芜。混迹钓徒，遥慕玄真之逸致；托名词隐，每追万俟之芳踪。借彼余波，消兹暇日，乃摭摘粉搓酥之艳字，聊填摸鱼恋蝶之香词。旨要空灵，音删靡曼。含商咽徵，都能谐沈约四声；瀹雪调冰，未必逊张先三影。芍药临风转丽，芙蓉出水逾清。纵桃叶之可嘉，恨钟情太过；唯竹枝之堪拟，怜远韵俱标。可谓艺苑珍葩，词林绮藻。夫言缘托复，趣以妆彰。绣匪金针，则鸳鸯彩暗；图须粉笔，而蛱蝶神传。所以靖节闲情，不妨高尚；文通恨赋，勿损令名也。何况浅斟低唱，不敢斗工红牙紫袖之歌楼；俭觅冥搜，翻能争胜粉烟蓝雾之画境。宜哉乌丝价重，麝墨芬茞。呜呼！绮忏三生，固异庭坚马腹；清评万口，当归介甫狐精。

　　天保戊戌冬至日，翠岩乐能潜书于枫香山房之西窗。


　　　　　　　　（本文作者：设乐八三郎名能潜，字德光，号翠岩。）

# 野村篁园 十五首

野村篁园名直温，字君玉，天保十四年（1843年）殁，年六十九岁。著有《篁园全集》二十卷；词二卷，名《秋篷笛谱》，共一百五十首。咏物之作，细腻不减史达祖、吴文英。

## 东风第一枝

梅花　用史邦卿韵

宿冻才消，晴漪渐皱，阳梢暗逗轻暖。玉人未展愁容，笑涡贮春犹浅。烟桥独立，更衬着、龙绡柔软①。怕远楼、画角三声②，舞影学他飞燕。　　云淡漠、冷光照眼。风料峭、嫩芳扑面。一番报信吴溪，五分引游蜀苑。黄昏纤月，隔瘦竹、半弯如线。似翠禽、唤梦林间③，依约缟衣重见④。

## 【注释】

① 龙绡：《杜阳杂编》：元载宠姬薛瑶英衣龙绡之衣，不盈一握。② 画角：《文献通考·乐考》：画角，古军乐。以竹木或皮革制成，亦有用铜制者；外加彩绘，故称画角。白居易诗："画角三声刁斗晚。"　③ 翠禽：

姜夔《疏影》词："苔枝缀玉，有翠禽小小，枝上同宿。" ④唤梦林间：《龙城录》云：隋赵师雄迁罗浮，一日天寒日暮，憩于松林间酒肆旁舍，见一美人，淡妆素服。师雄与语，芳香袭人，因与之叩酒家门饮。少顷，有一绿衣僮来，笑歌戏舞。师雄醉寝。久之东方已白，起视，乃在大梅树下。上有翠羽啁嘈……

## 一 萼 红

### 红 梅

雪初消，渐南枝暖透，轻萼剪红绡。宿酒熏肌，灵砂换骨，还厌姑射风标①。怪谁买、胭脂百斛，漫染出、冰玉千条。艳冶新妆，横斜旧格，两绝堪描。　　一自西岗分种，任双身斗美②，半面含娇③。绣缬林深，珊瑚海阔，桃杏浑让妖娆。为传语，凭栏高髻，更留赏、须把凤膏烧④。惜红痕易褪、雨夕烟朝。

【注释】

①姑射：《庄子·逍遥游》：藐姑射之山，有神人居焉，肌肤若冰雪，绰约若处子。　②西岗二句：作者自注："《梅谱》云：承平时，红梅独盛于姑苏。晏元献（晏殊）始移梅西冈圃中。一日，贵游赂园吏得一枝分接，由是都下有二本。王淇以诗遗公曰：'园吏无端偷折去，凤城自是有双身.'

《摭遗》云:蜀州有红梅数株,郡侯建阁扃钥,游人莫得见。一日有两妇人,高髻大袖,凭阑语笑。郡侯启钥忽不见。唯东壁有诗云:'南枝向暖北枝寒,一种春风有两般。凭仗高楼莫吹笛,大家留取倚阑干。'" ③ 半面:《南史·梁元帝徐妃传》:妃以帝眇一目,每知帝将至,必为半面妆以俟。宋祁落花诗:"将飞更作回风舞,已落犹为半面妆。" ④ 须把凤膏烧:《洞冥记》:燃白凤之膏,夜暴雨,光不灭。苏轼《海棠》诗:"只恐夜深花睡去,高烧银烛照红妆。"

## 西子妆慢

### 荷 花

绿盖风翻,朱幢雨润,路隔水精宫阙①。江妃步稳袜无尘②,剩凝成、几堆蛟沫。玉容娇绝。漫写入、红情一阕③。愿吟魂、化了鸳鸯去,芳塘寄迹。　　烟波阔。欲采细房,素手划兰楫④。锦云深处不逢人,露沾襟、泪珠偷结。炎凉电瞥。怕霜坠、繁香销歇。梦难寻、三十六陂残月⑤。

**【注释】**

① 水精宫阙:《能改斋漫录》卷九:杨濮守湖州,赋诗云:"溪上玉楼楼上月,清光合作水晶宫。"其后遂以湖州为水晶宫。姜夔《惜红衣》词

小序云："吴兴号水晶宫,荷花盛丽。"按"水晶"即"水精"。 ② 江妃步稳袜无尘:曹植《洛神赋》:"凌波微步,罗袜生尘。"杨万里诗:"江妃舞倦凌波步。" ③ 红情:张炎《山中白云》词有"红情"、"绿意"二词。自序云:"疏影、暗香,姜白石为梅著语。因易之曰'红情'、'绿意'。以荷花、荷叶咏之。" ④ 兰楫:李白《江上吟》诗:"木兰之楫沙棠舟。" ⑤ 三十六陂:地名。在今江苏扬州。王安石《题西太乙宫壁》诗:"柳叶鸣蜩绿暗,荷花落日红酣。三十六陂春水,白头想见江南。"姜夔《念奴娇》(咏荷):"三十六陂人未到,水佩风裳无数。"

## 惜 秋 华

### 牵 牛 花

钿朵匀圆,盼银河染出,嫩青将滴。点缀墙阴,浑疑七襄新织①,凉天宿露淋漓,擎玉盏、轻涵斜月。清寂。伴闲阶暗蟋,疏篱幽蝶。　　小院晓灯白。想残妆未理,带星争摘。宛似雨过云破,秘瓷颜色②。柔梢恐不禁秋,故要添、一枝潇碧。奇绝。又何输、滕家水墨③。

【注释】

① 七襄:《诗·大东》:"跂彼织女,终日七襄。"《说文》:襄,织文也。

② 雨过云破，秘瓷颜色：《文海披沙》云：柴窑出河南郑州，有雨过天青色。烧造时所司请其色。御批云："雨过天青云破处，这般颜色做将来。"周世宗姓柴氏，故谓之柴窑。　③ 滕家水墨：郭若虚《图画见闻录》卷二：滕昌祐其先吴人，避地居蜀。工画花鸟、蝉蝶、折枝、生菜，笔迹轻利，傅彩鲜泽。

## 露　华

### 蓼　花

凉波一碧，正积雨初晴，乱穗无力。宿鹭沙边，惯伴白苹苍荻。轻霞染出繁葩，万点珊瑚匀缀。堪画处，闲塘蟹肥，十分秋色。　江亭客去将夕。恰露重烟疏，芳泪红滴。雁外瘦枝难定，潮信何急？潇湘别路依稀，乍被淡岚遮隔。谁系缆？丛间数声竹笛。

## 疏　影

### 咏　寒　柳

长亭几树①，记莺梭织出，千尺金缕。灞岸霜沾，楚塞风干②，角声吹断离绪。画桥阴薄斜阳冷，遮不得半行青纻③。叹谢娘④老却眉痕，怎似当年娇妩。　怅望扬州城郭⑤，暮愁总湿透，鸦背微雨。袅袅柔魂,一去难招,梦里流光迅羽。有情还被无情恼,休重拟汉南词句⑥。独爱他、雪岸鸬鹚,伴汝白描成谱。

## 【注释】

①长亭几树——戴叔伦诗:"濯濯长亭柳,阴连灞水流。" ②楚塞:指武昌柳。武昌,古楚地。《晋书·陶侃传》:陶侃领江州刺史镇武昌,尝课诸营种柳。 ③青纻:酒帘。陆龟蒙诗:"莫怪烟中重回首,酒家青纻一行书。" ④谢娘:白居易诗:"青蛾小谢娘。" ⑤扬州城郭:王士禛词:"绿杨城郭是扬州。" ⑥汉南词句:庾信《枯树赋》:"昔日移柳,依依汉南。今看摇落,凄怆江潭。树犹如此,人何以堪?"

## 被 花 恼
### 水 仙

碧湘波冷洗铅华,谁似绝尘丰度。一笑嫣然立瑶圃①。铢衣剪雪②,银珰缀露,好入黄初赋③。梅未析,菊先凋,檀心独向冰心吐。　环珮碎珊珊,暗麝穿帘细于缕。低鬟易乱,弱骨难支,月洁风清处。怕仙魂直趁楚云归,把瓶玉寒泉养妍婷④。爱澹影,闲伴芸窗灯半炷。

## 【注释】

① 瑶圃：《楚辞·涉江》："吾与重华游兮瑶之圃。" ② 铢衣：《博异志》：贞观中，岑文本于山亭避暑，有叩门者，云上清童子。岑问："衣服皆轻细，何土所出？"答曰："此是上清五铢服。"李商隐《过神女祠》诗："不寒长着五铢衣。" ③ 黄初赋：即曹植《洛神赋》。其序曰："黄初三年，余朝京师，还济洛川。古人有言：'斯水之神，名曰宓妃。'感宋玉对楚王神女之事，遂作斯赋。"黄初，魏文帝年号。 ④ 嫭：音护，《集韵》：嫭，好貌。或作嫮。

## 紫玉箫

### 笋

吴燕低飞，杜鹃幽咽，满林酥雨廉纤。苔纹裂处，盼龙牙养锐①，凹角抽尖。素肌清瘦，犹怯冷、未脱黄衫。知何日，赚得老刘，玉版遥参②。　　蒲筐冒晓分饷，才剥破香苞，宿露全沾。轻煨淡煮，更樱厨配入③，味最新甜。请君停箸，休漫学、太守贪馋④。风窗夕，将看嫩晴，簸弄凉蟾。

## 【注释】

① 龙牙：《笋谱》：俗呼笋为龙孙。苏轼《洋州三十咏》诗："斤斧何

曾赦籜龙。"　②老刘:《冷斋夜话》:东坡尝要刘器之同参玉版和尚。器之每倦山行,闻见玉版,欣然从之;至廉景寺烧笋而食之,觉笋味胜,问:"此笋何名?"东坡曰:"即玉版也。此老师善说法,要令人得禅悦之味。"于是器之乃悟其戏,为大笑。　③樱厨:《秦中岁时纪》云:长安四月十五日,自堂厨至百司厨,通谓之樱笋厨。　④太守贪馋:苏轼《筼筜谷偃竹记》云:筼筜谷,在洋州。文与可尝令予作《洋州三十咏》。筼筜谷其一也。予诗曰:"料得清贫馋太守,渭滨千亩在胸中。"与可是日与其妻游谷中,烧笋晚食,发函得诗,失笑喷饭满案。

## 双双燕

### 本　意

　　禊辰渐近①,早沧海飞回,一双羁羽。乌衣巷冷②,重访故巢何处!祇为依依恋主,又不择、雕梁绣户。春塘竞啄芹泥,晚径斜冲杏雨。　　将诉。经年离绪。向绿绮窗边,细传喃语。往踪堪认,犹系足间红缕③。最爱微风院宇,乍趁蝶、轻穿芳树。试问玉剪珠帘,谁续太初佳句④?

【注释】

　　①禊辰:《史记·外戚世家》集解引徐广曰:三月上巳,临水祓除谓之

禊。　②乌衣巷：《方舆胜览》：乌衣巷在秦淮南，王谢子弟所居。刘禹锡《乌衣巷》诗："朱雀桥边野草花，乌衣巷口夕阳斜。旧时王谢堂前燕，飞入寻常百姓家。"　③足间红缕：《南史·孝义列传》：卫敬瑜妻夫亡，矢志不嫁，所住户有燕巢，常双飞来去，后忽孤飞。女感其偏栖，以缕系脚为志。后岁此燕果复更来，犹带前缕。　④太初佳句：太初，年号。汉武帝年号太初，是公元前104—前101年。前秦苻登年号太初，是公元386—394年。南朝宋刘劭年号太初，是公元453年。太初佳句，疑指南朝宋鲍照（字明远）咏双燕诗。

## 淮甸春

### 银　鱼

水乡春光，恰樱花欲谢，荻芽始吐。渡口风腥潮信急，几队乱吹香絮。雪鬣晶莹，冰肤腻滑，触网圆如箸。竹篮盛取，滴残蓑袂微雨。　　何必饱长鲸，天然二寸[①]，亦足充盘俎。肯羡领淮封爵贵[②]，曾入少陵诗句。蜀豉轻调，吴盐细糁，也胜催莼煮。季鹰如识[③]，不因鲈脍归去。

【注释】

①天然二寸：杜甫诗："白小群分命，天然二寸鱼。"　②肯羡领淮封

爵贵:当是用韩信封淮阴侯事。 ③季鹰:《世说新语·识鉴》篇:张季鹰辟齐王东曹掾,在洛,见秋风起,因思吴中菰菜、莼羹、鲈鱼脍,曰:"人生贵得适意尔,何能羁宦数千里,以要名爵。"遂命驾便归。

## 夺 锦 标

### 观 竞 渡①

乳燕将雏,晴鸠唤妇②,胜日刚逢双五。好是兰汤浴后,衣试蕉纱,盏浮蒲缕③。望清冸一碧,拥朱舫、游人如堵。问骚魂、可倩谁招④,旧俗徒传竞渡。　　双鹢齐张彩羽⑤。倒蹴波心,万片雪花掀舞。仿佛昆池习战⑥,叠鼓雷轰,戏旗风怒⑦。忽喧呼报捷,又惊飞、沙湾鸥鹭。渐黄昏、几队归桡,静载将蟾光去。

【注释】

①竞渡:《荆楚岁时记》:五月五日竞渡,俗为屈原投汨罗日。人伤其死,故命舟楫拯之。 ②晴鸠唤妇:《埤雅》:勃鸠阴则屏逐其妇,晴则呼之。 ③蒲缕:《千金月令》:端午,以菖蒲或缕或屑以泛酒。 ④骚魂:王逸《楚辞章句》云:宋玉怜哀屈原忠而斥弃,愁悆山泽,魂魄放佚,厥命将落,故作《招魂》。 ⑤双鹢:《淮南子》:龙舟鹢首,浮吹以娱。鹢,水鸟。此谓画双鹢象于船首。 ⑥昆池习战:《汉书·武帝纪》注云:越

寯昆明国有滇池，方三百里。汉武帝时欲伐之，故作昆明池，以习水战。

⑦ 戏旗：指麾之旗。《说文》："戏"同"麾"。

## 莺 啼 序

　　新鹃叫残晓月，恰繁阴似水。帐纱淡、院宇深沉，宝猊犹绾烟穗①。叹昨雨、驱春色去，花妆洗了胭脂泪。只多情、紫燕衔泥，更补香垒。　　谢墅林泉②，裴园卉石③，算经营擅美。又何如、佳景天然，偏能娱目悦耳。浸幽阶、鸳池拭碧，压低槛、螺峰攒翠。剩松蝉、断续凄吟，缀商流徵④。　　清和好候，薄暖轻寒，正练裌堪试。徐步处、草毡平展，槐幄深护，豆摘蛾眉，茶挑鹰嘴⑤。临流涤砚，看山移榻，乌丝偷谱归田赋⑥，况西窗、倦卧饶凉思。帘疏簟滑，悠扬弄袖熏风，暗添黑甜滋味⑦。　　韶容顿变，壮志全销，厌猬纷世累。独喜那、广文官冷⑧，不异抽簪⑨，梓酒三杯⑩，芸签一几⑪。红尘迹远，青云缘浅，怎妨门外轮蹄闹，缩乾坤、收入仙壶底⑫。笑他走利奔名，垤蚁争粮⑬，鏊鱼逐饵。

【注释】

　　① 宝猊：狮形香炉。《玉芝堂谈荟》：金猊其形似狮，性好烟火，故立

于香炉上。　②谢墅：《晋书·谢安传》：谢安性好音乐，又于土山营墅，楼馆林竹甚盛。　③裴园：《新唐书·裴度传》：裴度徙东都，乃治第集贤里，沼石林丛、岑缭幽胜。午桥作别墅，具燠馆凉台，号绿野堂。　④流徵：宋玉《对楚王问》："引商刻羽，杂以流徵。"　⑤鹰嘴：茶叶名。元稹诗："山茗粉含鹰嘴嫩。"　⑥乌丝：《唐国史补》：宋亳间，有织成界道绢素，谓之乌丝阑。归田赋：张衡作《归田赋》。《齐东野语》：释智永以乌丝阑书《归田赋》四十四行。　⑦黑甜：苏轼《发广州》诗："一枕黑甜余。"自注："俗谓睡为黑甜。"　⑧广文官冷：杜甫《醉时歌》诗："诸公衮衮登台省，广文先生官独冷。"　⑨抽簪：见前日下部梦香《水调歌头》注①。　⑩梻酒：皮日休诗："明朝有物充君信，梻酒三瓶寄夜航。"自注："梻，木名。汁甘可为酒。"　⑪芸签：芸香可避蠹，古人藏书多用之，故称书签叫芸签。　⑫仙壶：《神仙传》：汝南费长房为市掾，见一老人入市卖药，常悬一空壶，日入后，即跳入壶中。长房于楼上见之，知非常人。乃日日自扫壶公座前地，及供馔物。壶公知其笃信，与入壶中，封符一卷付之曰："带此可主鬼神，能缩地脉。"　⑬垤蚁：《埤雅·释虫》：蚁取小虫入穴，辄环垤室穴。盖防其逸，亦以室雨。陆游《欲雨》诗："移穴族行怜垤蚁。"《广韵》：垤，土之高也。

# 南　浦

### 春　水

巴蜀雪全融，望银塘、万顷鳞纹初聚。烟柳淡还浓，萦鸥梦、缲出魏尘千缕。吴淞半幅①,未胜真景饶风趣。落镜螺鬟青不定,紫鳜乱吹轻絮。　　隙光荏苒如梭②,叹湔裙节过③,流觞期误④。桃岸锦模糊,斜阳外、一片渔舟横渡。搴芳客去,晚霞拦断销魂路。休怪涨痕添数尺,别泪洒残南浦⑤。

## 【注释】

①吴淞半幅:杜甫《题王宰画山水图》诗:"焉得并州快剪刀,剪取吴淞半江水。"　②隙光:《庄子·知北游》:人生天地之间,若白驹之过隙。　③湔裙:湔,洗。据《玉烛宝典》卷一注谓:正月晦日,临河湔裙,以为消灾度厄。　④流觞:指三月上巳修禊集会。《续齐谐记》:昔周公城洛邑,因流水以泛酒,故逸诗云:"羽觞随波流。"又秦昭王以三日置酒,见金人奉水心之剑,曰:令君制有西夏,乃霸诸侯,因此立为曲水,二汉相沿为盛集。王羲之《兰亭集序》:又有清流激湍,映带左右,引以为流觞曲水。　⑤南浦:水滨。《九歌·河伯》:"子交手兮东行,送美人兮南浦。"江淹《别赋》:"春草碧色,春水绿波。送君南浦,伤如之何。"后来泛指送别之地为南浦。

## 疏　　影
### 为吉田生题柳阴晚归图

烟粘雨织,望长堤十里,浓翠将滴。密护吟蝉,弱带栖鸦,笼住水村沙驿。曳筇人过斜阳里,瘦影被断霞遮隔。恰诗天好午,倩谁点染,麝煤轻册①。　　回忆灞桥三月②,嫩黄千万缕,徒绾离别。怎似重阴,巧剪苍云,翳了炎威重赫。细风归路凉堪掬,渐露气暗涵巾帻。听远楼、玉笛声声,吹送一丸蟾魄③。

【注释】

①麝煤:指墨。韩偓《横塘》诗:"蜀纸麝煤添笔媚。"　②灞桥:见前日下部梦香《念奴娇》注②。　③蟾魄:指月。《后汉书·天文志》注云:姮娥遂托身于月,是为蟾蜍。张栻诗:"回首烟树林,已复持蟾魄。"

## 青 玉 案

*暮春书感,用贺方回韵*①

落花狼藉西溪路,不忍踏残红去。永昼愔愔谁与度②?半帘新绿,蝶凄莺惨,总是撩人处。　　九旬芳景看将暮,细写离惊入诗句。一笑百年知几许?闲愁难遣,清欢易徂,那更廉纤雨③。

## 【注释】

① 贺方回：贺铸字方回，卫州人。宋元祐中通判泗州，又倅太平州。退居吴下，筑室于横塘。自号"庆湖遗老"。有《东山寓声乐府》三卷。周紫芝《竹坡诗话》：贺方回尝作《青玉案》词，有"梅子黄时雨"之句，人皆服其工，士大夫谓之"贺梅子"。　② 惛惛：犹默默。唐昭宗谓杜让能曰："朕不能惛惛度日。"　③ 廉纤：微雨貌。顾瑛诗："西风阵阵廉纤雨。"

## 山本鸳梁  六首

　　山本鸳梁，又称斋藤拜石、山本拜石。名世言，字永图。兼通众艺。所长在铁笔与填词。书法、填词以张炎为宗，在明治词坛上，雄镇一方。明治四十五年（1912年）卒，年八十三。

### 柳　梢　青

春　游

　　嫩日烘晴，丽人天气，蝶送莺迎。芳草芊绵①，香罗鲜美，钗燕风轻。　　行行笑语春生，带残醉、相扶入城。斜日醺花，暝烟恋柳，奈这余情。

**【注释】**

　　① 芊绵：草木曼衍丛生貌。李白诗："杂树空芊绵。"

## 玉树后庭花

### 春　夜

露桃花底空凝望，夜庭幽旷。秋千红索无凭仗，为风飘飏。回文诗好低低唱[①]，更添惆怅。弯环新月窥墙上，那人眉样。

【注释】

① 回文诗：《晋书·窦滔妻苏氏传》：窦滔妻苏氏，始平人也，名蕙字若兰。善属文。滔，苻坚时为秦州刺史，被徙流沙。苏氏思之，织锦为回文旋图诗以赠滔。宛转循环以读之，词甚凄惋，凡八百四十字。其纵横往复，皆成章句，可得诗四千二百余首。后世作诗词，顺读倒读，皆可成章，即谓之"回文"。

## 清　平　乐

### 春　怨

一春红事，过了三分之二。笑语尊前相共醉，只仗夜来梦寐。　　深庭得意苔痕，无情又长愁根。不奈这般时候，落花微雨黄昏。

## 蓦 山 溪
### 遣 怀

兴衰旦暮,今古如斯耳。叱咤忽风生①,气盖世、重瞳儿戏②。积珠堆玉,金谷一时豪③,浮云散,逝水空,赢得伤心泪。

一齐休问,讨个安心地。欢笑且随缘④,消受了、风流三昧⑤。百年之后,墓道使人题:湖山长,花月颠,词客鸳梁子。

【注释】

①叱咤:发怒声。《史记·淮阴侯列传》:韩信云"项王喑噁叱咤,千人皆废。" ②气盖世:《史记·项羽本纪》云,项羽军垓下,兵少食尽,汉军及诸侯围之数重。夜闻汉军皆楚歌声,知汉已得楚。乃悲歌慷慨,自为诗曰:"力拔山兮气盖世,时不利兮骓不逝。骓不逝兮且奈何,虞兮虞兮奈若何?"重瞳:《史记·项羽本纪》:项羽亦重瞳子。 ③金谷:《晋书·石崇传》:崇有别馆在河阳之金谷。又云其财产丰积,室宇宏丽。后房百数,皆曳纨绣,珥金翠。丝竹尽当时之选,庖膳穷水陆之珍。 ④随缘:原为佛家语。谓随其机缘,无所不安。苏轼诗:"我生百事常随缘,四方水陆到处便。" ⑤三昧:原为佛家语。凡事能得其真趣,要诀者,亦曰得"三昧"。苏轼诗:"泻汤旧得茶三昧。"陆游诗:"高眠得三昧,梦断已窗明。"

## 柳梢青

### 夕 阳

黄叶村幽,上方钟动①,人倚高楼。袖影寒生,笛声幽咽,正是深秋。　　长天水色悠悠。目送尽、飞鸿去舟。今古兴亡,江山平远,无限诗愁。

【注释】

① 上方:指佛寺。佛寺多在山上,称上方,而以尘世为下界。

## 虞 美 人

### 夏 日 水 亭

荷花开似凌波步①,罗袜香来处。玉纤催去碧纱窗,只见钗头鹦鹉颤双双。　　红丝端砚团圆小②,拭了还吹了。洛神初拓好装潢,皓腕拨镫重写十三行③。

## 【注释】

　　① 凌波步：见前野村篁园《西子妆慢》注②。　② 红丝端砚团圆小：《砚史》：唐彦猷作红丝辟雍砚。晁冲之诗："牙床磨试红丝砚。"苏易简《砚谱》云：端溪有斧柯、茶园、将军池，同在一溪。惟斧柯出者，大不过三四指，最津润难得。　③ 拨镫：书法名词。《书苑菁华》引唐韫林云：以笔管著中指、名指尖，令圆活易转动，笔皆直，则虎口间空圆如马镫。足踏马镫，浅则易转动，手执笔管，亦欲其浅则易转动矣。十三行：晋王献之书《洛神赋》真迹。南宋时，高宗得九行，贾似道得四行，共十三行。锓以玉版，世称"玉版十三行"。

# 森槐南  二十一首

森槐南（1863—1911年），名大来，字公泰，号槐南小史，著有《槐南集》、《唐诗选评释》、《古诗平仄编》、《词曲概论》。为明治时日本名诗人森春涛之子。明治十一年（1878年）在《新诗文杂志》发表第一首词《南乡子·春夕》，年仅十六岁。黄遵宪《人境庐诗草·续怀人诗》中，有注云："森槐南，鲁直（森春涛号）之子，年十六，兼工词。曾作《补天石》传奇示余，真'东京才子'也。"黄又为《补天石》传奇题词，其中有云："后有观风之使，采东瀛词者，必应为君首屈一指也。"

## 南 歌 子
### 春 夕

迷蝶魂难定①，春人酒易醒。夜深邻院罢鸣筝。帘外梨花如雪，月泠泠。

【注释】

① 迷蝶：见前日下部梦香《永遇乐》注①。

## 昭 君 怨
### 题 画 兰

惆怅佳人一别,环佩如鸣夜月①。古壁写幽香,梦潇湘②。摇棹黄陵庙畔③,愁杀山长水远。南浦暮云低,赋魂兮④。

【注释】

① 环佩:杜甫《咏怀古迹》诗:"环佩空归月夜魂。" ② 潇湘:《方舆胜览》:湘水自阳海发源,至零陵北而营水会之。二水合流,谓之潇湘。 ③ 黄陵庙:《水经注》:湖水西流经二妃庙南,世谓之黄陵庙也。言大舜之陟方也,二妃从征,溺于湘江,神游洞庭之渊,出入潇湘之浦。 ④ 赋魂兮:宋玉《招魂》:"乃下招曰:'魂兮归来。'"

## 满 江 红
### 水天花月总沧桑图

落叶如鸦,白门外①、秋飙萧瑟。咽不断、南朝残照②,暮潮如昔。败苑青芜萤闪澹,故宫蔓草虫啾唧。一声声、寒雁渡江来,哀笳急。　　英雄血,刀锋涩。儿女泪,青衫湿。叹兴亡转瞬,有谁怜惜? 月怨花嗔人不管,春荒秋瘦天难必。剩伤心、一片秣陵烟③,空陈迹。

**【注释】**

① 白门:《南齐书·王俭传》:宋世外六门设竹篱,有发白虎樽者,言"白门三重门,竹篱穿不完。"按南朝刘宋都建康,即今江苏南京。 ② 南朝:东晋后,宋、齐、梁、陈四朝,皆据南方,都建康,史称南朝。 ③ 秣陵:《南畿志》:金陵邑,秦改秣陵。


## 水 调 歌 头

文章固小技①,歌哭亦无端。非借他人杯酒②,何以沥胸肝。毕竟其微焉者,稍觉可怜而已,到此急长叹。精神空费破,心血自摧残。 论填词,板敲断,笛吹酸。声裂哀怨第四,犹道动人难。摩垒晓风残月③,接武琼楼玉宇④,酒醒不胜寒。谱就烛将炮,泪影蚀乌阑⑤。

**【注释】**

① 小技:杜甫诗:"文章一小技,于道未为尊。" ② 借他人杯酒:鲍

照乐府:"握君手,接杯酒,意气相倾死何有?" ③摩垒:《左传》宣十二年:"摩垒而还。"摩,迫近。晓风残月:柳永《雨霖铃》词:"今宵酒醒何处?杨柳岸、晓风残月。" ④接武:《礼记·曲礼》注:武,迹也。迹相接,谓每移足,半摄之。琼楼玉宇:苏轼《水调歌头》词:"我欲乘风归去,又恐琼楼玉宇,高处不胜寒。" ⑤乌阑:即乌丝阑。见前野村篁园《莺啼序》注⑥。

## 满 江 红

### 秋 怀 次 韵

菊悴兰憔,正触目、伤心时节。矫首望、前山落照,乱鸦如叶。似此恨人惊不已,去他懒妇[①]闲无发。况满阶、促织一钩丝,声声绝。　谈时事,书空咄[②]。笑轻薄,身名灭。算传人一代[③],无非奇烈。仰屋漫传穷士著[④],过河徒作枯鱼泣[⑤]。悔半生、弹尽马卿琴[⑥],冯谖铗[⑦]。

【注释】

① 懒妇:陆玑《诗疏》谓:里语曰"蟋蟀鸣,懒妇惊"。　② 书空咄:《世说新语·黜免》:殷浩被黜放后,终日书空,作"咄咄怪事"四字。　③ 传人:谓声名可流传后世者。　④ 仰屋:《南史·萧恭传》:恭每从容谓

曰:"下官历观时人,多有不好欢兴,乃仰眠床上,看屋梁而著书,千秋万岁,谁传此者。劳神苦思,竟不成名。" ⑤ 枯鱼:《庄子·外物》:庄周谓监河侯曰:"周昨来,有中道而呼者。周顾视车辙中,有鲋鱼焉。周问之曰:'鲋鱼来,子何为者耶?'对曰:'我东海之波臣也。君岂有斗升之水而活我哉?'周曰:'诺,我且南游吴越之土,激西江之水而迎子,可乎?'鲋鱼忿然作色曰:'吾失我常与!我无所处。吾得斗升之水然活耳,君乃言此,曾不如早索我于枯鱼之肆。'" ⑥ 马卿琴:《史记·司马相如列传》:相如之临邛,从车骑,雍容闲雅甚都。及饮卓氏,弄琴,文君从户窥之,心悦而好之,恐不得当也。既罢,相如乃使人重赐文君侍者通殷勤,文君夜亡奔相如。 ⑦ 冯谖铗:《史记·孟尝君列传》:冯谖为孟尝君客,尝弹铗而歌曰:"长铗归来乎,食无鱼。""长铗归来乎,出无舆。""长铗归来乎,无以为家。"

## 贺 新 凉

**甲申六月中浣,接高野竹隐书,赋此代柬**

何物无情否?便销魂①、人间一样,别离时候。芳草含烟烟黯淡,那忍匆匆骊首②。不能折、河桥新柳③。悔我祖筵偏错过,但今宵、遥饯天涯酒。凄绝也,醒而后。　　半床灯火微如豆。独低徊、徬徨延伫,凝望更久。何处雁声传信到,似道恹恹依旧。憔悴色、客衫还又。一自扶持还故里,比从前、少个乡愁有。

不忘者,知心友。

## 【注释】

①销魂:江淹《别赋》:"黯然销魂者,惟别而已矣。" ②骊首:《汉书·王式传》"歌骊驹"注引服虔曰:逸诗篇名也,见《大戴礼》,客欲去歌之。文颖曰:其辞云"骊驹在门,仆夫具存;骊驹在路,仆夫整驾"。 ③折柳:参见前日下部梦香《念奴娇》注②。


## 前　　调

我亦难忘者:是风流、玉池仙子①,冶春诗社②。点染断桥杨柳色,又早双鬟唱罢③。好眉黛④、青山如画。同调追随两三辈,让夫君、和出阳春寡⑤。好传做、旗亭话。　　几时扶病乘鞍马。古幽关、萧萧驿路,夕阳西下。客舍沉吟思我处,便我正思君夜。共回首、小湖台榭。屈指半年人聚散,料尊躯、善保炎阳也。仆无恙,休牵挂。


## 【注释】

①玉池仙子:"玉池仙馆",为诗人永坂石埭寓居。槐南、竹隐常集

"玉池仙馆",为诗酒之会。玉池仙子即指石埭室人。 ② 冶春诗社:明治十六年夏历三月三日,永坂石埭、森槐南等诗人集墨田河畔为修禊之会,并赋《冶春绝句》。此词作于明治十七年,所云"冶春诗社"似即指墨田河畔修禊事。(以上二则,据神田喜一郎《日本填词史话》。) ③ 双鬟唱罢:《集异记》:开元中,诗人王昌龄、高适、王之涣共诣旗亭贳酒,忽有伶官十数人会宴。三人因私约曰:我辈各擅诗名,今观诸伶讴,若入歌词多者为优。俄一伶唱昌龄诗:"寒雨连江夜入吴。"又一伶讴高适诗:"开箧泪沾臆。"之涣因指诸伎中最佳者曰:"待此子所唱如非我诗,吾即终身不敢与争衡矣。"须臾,双鬟发声曰:"黄河远上白云间。"之涣大笑,饮醉终日。 ④ 好眉黛:《西京杂记》:卓文君姣好,眉色如望远山。 ⑤ 阳春寡:宋玉《对楚王问》:客有歌于郢中者,其始曰"下里巴人",国中属而和者数千人;其为"阳阿薤露",国中属而和者数百人;其为"阳春白雪",国中属而和者不过数十人;引商刻羽,杂以流徵,国中属而和者,不过数人而已。是其曲弥高,其和弥寡。

## 满 江 红

秋兴(三首录一)

试望平原①,看白骨、青磷无数。空葬送、南山落叶②,北山风雨③。断井颓垣废草合,玉鱼金碗荒萤护④。更莹莹、啼眼似招人⑤,幽兰露。　　何如怨,其如诉,更如泣,还如慕。是啾啾、鬼唱鲍家诗句⑥。心血千年磨不灭,丘陵终古谁为主。剩悲凉、满目断肠秋,伤心暮。

【注释】

①试望平原:江淹《恨赋》:"试望平原,蔓草萦骨,拱木敛魂。人生到此,天道宁论。" ②南山落叶:似用韦应物诗:"落叶满空山,何处寻行迹。" ③北山风雨:《左传·僖公三十二年》:蹇叔之子与师,哭而送之曰:"晋人御师必于殽。殽有二陵焉:其南陵,夏后皋之墓也;其北陵,文王之所避风雨也。必死是间,余收尔骨焉。" ④玉鱼金碗:指殉葬物品。杜甫《诸将》诗:"昨日玉鱼蒙葬地,早时金碗出人间。" ⑤莹莹啼眼:李贺《苏小小墓》诗:"幽兰露,如啼眼。" ⑥鬼唱:李贺《秋来》诗:"秋坟鬼唱鲍家诗。"

## 国 香 慢

### 送黄吟梅归清国,即题其东瀛游草后

草绿瀛洲①。被春莺宛转,把梦勾留。当时别魂销矣②,饯子江楼。犹道题襟墨渖③,待重续、汉上风流。何思掉头去,浩浩乘风,泛泛如鸥。　　碧云飞不断,渡蓬莱清浅④,万里周游。遗珠沧海⑤,探遍明月当头。谩说瑶华载乘,让奇句、古锦囊收⑥。

如何独披卷,忽与梅花,吟断离愁。

**【注释】**

①瀛洲:《列子·汤问》篇:渤海之东,有大壑焉,其中有五山:一曰岱舆、二曰员峤、三曰方壶、四曰瀛洲、五曰蓬莱。按此借指日本。 ②别魂销矣:见前《贺新凉》(何物无情否)注①。 ③题襟:《新唐书·艺文志》:《汉上题襟集》十卷,段成式、温庭筠、余知古三人合撰。 ④蓬莱清浅:《神仙传》:麻姑自说云,接侍以来,见东海三为桑田。向到蓬莱,又水浅于往日会时略半耳。岂将复为陵陆乎? ⑤遗珠沧海:谓贤者不见知于时。《新唐书·狄仁杰传》:阎立本召讯,异其才,谢曰:"仲尼称观过知仁,君可谓沧海遗珠矣。" ⑥古锦囊:《新唐书·李贺传》:旦日出,骑弱马,从小奚奴,背古锦囊,过所得,书投囊中。


## 酹 江 月

### 书柳七晓风残月词后①

耆卿绝调,奉天家圣旨②,蓬莱宫阙。报道宫姑争按拍,满殿歌云凝咽。红杏尚书③,微云学士④,让尔传新曲(原作"调",疑是"曲")。重来谁识,晓风吹尽残月。　　犹似昕望华清,露寒仙掌⑤,万古风流歇。词客遭逢如此耳,夜雨淋零凄切⑥。

不是梧桐，依然杨柳，白尽梨园发。更怜身后，酒醒寒食时节。

## 【注释】

① 柳七：柳永字耆卿，初名三变，崇安人，宋景祐元年进士，历官屯田员外郎，有《乐章集》。晓风残月词：即柳永《雨霖铃》词。词中名句："今宵酒醒何处？杨柳岸、晓风残月。" ② 奉天家圣旨：《苕溪渔隐丛话》引《艺苑雌黄》云：柳三变喜作小词，薄于操行。当时有荐其才者，上曰："得非填词柳三变乎？"曰："然"。上曰："且去填词。"由是不得志，日与僥子纵游倡馆酒楼间，无复检率。自称云："奉圣旨填词柳三变。"《方舆胜览》：仁宗尝曰："此人（指柳永）任从风前花下浅斟低唱，岂可令仕宦？"遂流落不偶，卒于襄阳。死之日，家无余财，群妓合金葬之于南门外，每春日上冢，谓之"吊柳七"。 ③ 红杏尚书：《古今词话》：宋祁《木兰花》词："红杏枝头春意闹。"名重一时。张先称之为"红杏枝头春意闹尚书"。 ④ 微云学士：秦观有《满庭芳》词，首句"山抹微云，天粘衰草"，尤为当时所传。叶梦得《避暑录话》云，苏轼尝呼之为"山抹微云学士"。 ⑤ 露寒仙掌：《渔洋山人精华录》有《真州绝句》云："江乡春事最堪怜，寒食清明欲禁烟。残月晓风仙掌路，何人为吊柳屯田。"自注："柳耆卿墓在城西仙人掌。"又王士禛《分甘余话》：柳耆卿卒于京口，王和甫葬之。然今仪真西，地名仙人掌，有柳墓。则是葬于真州，非润州也。 ⑥ 夜雨淋零凄切：《碧鸡漫志》卷五：《明皇杂录》及《杨妃外传》云：帝幸蜀，初入斜谷，霖雨弥旬，于栈道中闻铃音，帝方悼念贵妃，为"雨淋铃"曲

以寄恨。时梨园弟子惟张野狐一人善筚篥,因吹之,遂传于世。

## 摸 鱼 儿

高野竹隐脚疾又发,急回乡调养。仓卒
不暇赋别,嗣后寄此调见怀,即次其韵。

翠层层绿阴阴里,清钟山寺敲暝。炎凉换了春婆扇①,别恨不烦提省。灯火耿。甚三昧、禅床幽梦茶烟醒②。无人管领。这雪藕湖头,采莼堤下,闲却白鸥性。　　芙蓉败,不是红颜善病。为他摇摆无定。葵能卫足休轻举③,此意寄鸿持赠。衾屡整。又一叶、萧然飘坠琉璃井④。风残露剩。想壁蟀移前,户蟏悬后,争耐药炉冷。

## 【注释】

① 春婆扇:《侯鲭录》:东坡在昌化,负大瓢,行歌田间。绩妇年七十,曰:"内翰昔日富贵,一场春梦。"坡然之。里人因呼"春梦婆"。苏轼诗:"换扇唯逢春梦婆。"　② 三昧禅床:《大乘义章》:以体寂静,离于邪乱,故曰三昧。　③ 葵能卫足:《左传·成公十七年》:仲尼曰,鲍庄子之知不如葵,葵犹能卫其足。　④ 一叶萧然:《淮南子·说山训》:见一叶落而知岁之将暮。

## 恋绣衾

### 阳历七夕戏赋①

年时枉拜织女星②。望流云、银浦杳冥③。一度才相见,怅秋风、仙梦易醒。　　广寒宫阙嫦娥寡④,怪红墙、私语恍听。敢今夕、先相见,被黄姑⑤、偷乞鹊灵⑥。

### 【注释】

① 七夕:《荆楚岁时记》:七月七日为牵牛织女聚会之夜。是夕人家妇女,结彩缕,穿七孔针,陈酒脯、瓜果于庭中以乞巧。　② 织女星:《荆楚岁时记》云:天河之东有织女,天帝之女也。织杼云锦天衣。天帝怜其独处,许嫁河西牵牛郎。嫁后废织纴,天帝怒,责令归河东,但使其一年一度相会。　③ 银浦:《鸡跖集》:银浦为天河。李贺《天上谣》诗:"银浦流云学水声。"　④ 广寒宫:《天宝遗事》谓明皇游月宫,见牓曰"广寒清虚之府"。嫦娥:即姮娥。《淮南子·览冥》:羿请不死药于西王母,姮娥窃之,奔月宫。李商隐《嫦娥》诗:"嫦娥应悔偷灵药,碧海青天夜夜心。"　⑤ 黄姑:《荆楚岁时记》:河鼓、黄姑、牵牛也,皆语之转。古乐府:"东飞伯劳西飞燕,黄姑织女时相见。"　⑥ 鹊灵:《风俗记》:七夕织女当渡河,使鹊为桥。

## 沁 园 春

### 上 日 漫 填①

　　肥马轻裘，鬓影衣香，尽态曲妍。有王公侯伯、深闺贵戚，红尘一片，非雾非烟。紫阙朝正，朱门投刺②，几阵春风吹醉旋。官梅笑，笑野梅花底，谁拜新年。　　青毡旧物依然③。更断墨、零纨残简编。但乐章琴趣④，酒中清课；花飞钏动⑤，梦里初禅⑥。衮衮诸公⑦，廖寥知己，敢道春光如线牵。非吾分，甚美人筝影⑧，扶上青天。

【注释】

　　① 上日：即正月初一日。《尚书·舜典》：正月上日，受终于文祖。传曰：上日，朔日也。　② 投刺：投名帖。《释名》：书姓名于奏白曰刺。　③ 青毡：《晋书·王献之传》：夜卧斋中，而有偷人入其室，盗物都尽。献之徐曰："偷儿！青毡我家旧物，可特置之。"群盗惊走。　④ 琴趣：《晋书·陶潜传》：性不解音，惟蓄素琴一张，弦徽不具。曰："但识琴中趣，何劳弦上声。"按琴趣，是词之别名。词初起皆配音乐歌唱。词人自谓其词协律动听，故有此称。宋黄庭坚自名其词集为《山谷琴趣外篇》。　⑤ 花飞钏动：《维摩经·观众生品》：维摩诘室有一天女，以天花散诸菩萨、大弟子身上。花至诸菩萨，即皆堕落；至大弟子，便着不堕。苏辙《传灯录书

后》:律中隔壁闻钗钏声,即为破戒。 ⑥初禅:《楞严经》:清净心中,诸漏不动,名为初禅。 ⑦衮衮诸公:见前野村篁园《莺啼序》注⑧。 ⑧筝影:《询刍录》:五代李邺于宫中作纸鸢,引线乘风为戏。后于鸢首为竹笛,使风入笛,声如筝鸣,故名风筝。

## 绮 罗 香

#### 湖上望东照庙①

庙树闲红,湖荷浸碧,不问何朝今古。华表归来②,鹤意含羞鸥鹭。叹城郭、亡国遗墟。闹京华、软尘香土③。只垂垂、镜里青鬓,依然如画好烟雨。　　渔樵闲话往事,眼见销沉霸业,凄凉祠宇。当日烽烟,记是义军屯处④。铅泪泻⑤、卧棘铜驼⑥。香火并、散花天女⑦。剩池中、劫后残灰⑧,做莲心更苦。

### 【注释】

①湖上望东照庙:湖,指日光山中之禅寺湖。东照宫,为日本幕府德川家康之家庙,在都贺郡日光山上。　②华表归来:《搜神后记》:丁令威,本辽东人,后化白鹤集城门华表柱,空中言曰:"有鸟有鸟丁令威,去家千年今始归。城郭如故人民非,何不学仙冢累累。"　③软尘香土:苏轼诗:"软红犹恋属车尘。"自注:"前辈戏语,西湖风月,不如东华软红尘土。"

④ 义军屯处：日本庆应四年（1868年）德川氏末代庆喜入京，旋奔大阪图反抗。明治天皇亲征德川庆喜。庆喜自大阪奔江户，谢罪请服。　⑤ 铅泪：李贺《金铜仙人辞汉歌》："忆君清泪如铅水。"　⑥ 卧棘铜驼：《晋书·索靖传》：靖有先识远量，知天下将乱，指洛阳宫门铜驼，叹曰："会见汝在荆棘中耳。"　⑦ 散花天女：即天女散花。见前《沁园春》注⑤。　⑧ 劫后残灰：《高僧传》：昔汉武穿昆明池，得黑灰，问东方朔。朔曰："可问西城梵人。"后竺法兰至，众人追问之。兰曰："世界终尽，劫火洞烧，此灰是也。"

# 百 字 令

夜与客饮，酒酣兴旺，走笔填词自题小照后，以代答宾戏①

仆心如水②，住如烟如梦、如秋诗国。偶尔引杯留小照，更飒须髯如戟③。客曰豪哉，斯才佳矣，清瘦还堪惜。不知何苦，嗜诗仍甚于色。　　答道风月江山，人间万事，何景非萧寂。试架空楼一所，莽莽苍苍之极④。外有愁城⑤，中多乐地，醉按呜呜笛⑥。此声堪听，请君燕筑同击⑦。

【注释】

① 答宾戏：班固《答宾戏》序云：永平中为郎，典校秘书，专笃志于

儒学，以著述为业。或讥以无功。又感东方朔、扬雄自喻，以不遭苏、张、范、蔡之时，曾不折之以正道，明君子之所守。故聊复应焉。 ②仆心如水：《汉书·郑崇传》："臣门如市，臣心如水。" ③须髯如戟：《南史·褚彦回传》："公须髯如戟，何无丈夫意？" ④莽莽苍苍：《庄子·逍遥游》：适莽苍者，三餐而反。成玄英疏云：莽苍，郊野之色，望之不甚分明。 ⑤愁城：范成大诗："瓦盆加酿灌愁城。" ⑥呜呜：《汉书·杨恽传》：杨恽《报孙会宗书》曰"酒后耳热，仰天拊缶而呼乌乌"。 ⑦燕筑：《史记·荆轲传》谓燕人高渐离善击筑。

## 前　　调

　　梦为胡蝶①，赴大罗天上②，众香之国③。栵栵银云花四照④，鸾御前驱凤戟。若木红腾⑤，流霞紫夺，一擘蟠桃惜⑥。三千年里，此时才见春色。　　讵想大小游仙⑦，黄粱炊许⑧，顷刻分喧寂。天乐飘飘犹在耳，惝怳离迷无极⑨。忽悟空华⑩，何如旷达，尽掣蛟龙笛⑪。一声吹破，笑将如意珊击⑫。

**【注释】**

　　①梦为胡蝶：见前日下部梦香《永遇乐》注①。　②大罗天：《元始经》：大罗之境，无复真宰，惟大梵之气，包罗诸天。《云笈七签》引《玉

京山经》曰：玉京山冠于八方诸大罗天。　③ 众香国：《维摩经》：遣化菩萨住众香国。并谓国中楼阁苑囿皆香，其香气周流十万无量世界。　④ 栉栉：排比繁密貌。李贺《秦王饮酒》诗："银云栉栉瑶殿明。"　⑤ 若木：《山海经》：灰野之山，有树青叶赤华，名曰若木。　⑥ 蟠桃：《十洲记》：东海有山名度索，山上有大桃树，蟠屈三千里曰蟠木。《汉武帝内传》：西王母降，以仙桃四颗与帝，帝食辄取其核，欲种之。母曰："此桃三千年一生实。"　⑦ 大小游仙：晋时何劭、郭璞并有"游仙诗"。唐诗人曹唐效其体曰"大游仙"、"小游仙"。　⑧ 黄粱炊许：《异闻集》：开元中，道人吕公常往来邯郸，有书生姓卢，同止逆旅。主人方炊黄粱，共待其熟。卢生不觉长嗟。吕问之，具言身世之困。吕取囊中枕以授卢曰："枕此当荣适如愿。"生俯首即梦入枕穴中，遂见其家。未几登第，历台阁，出入将相，将五十年，子孙皆显仕。忽欠伸而寤，黄粱犹未熟。谢曰："先生以此窒吾欲耳。"自此不复求仕。　⑨ 惝恍：《楚辞·远游》："视倏忽而无见兮，听惝恍而无闻。"注：惝恍，耳不谛也。　⑩ 空华：《圆觉经》：妄认四大为自身，六尘缘影为自心相，譬如彼病目见空中华。　⑪ 蛟龙笛：《唐国史补》卷下：李生好事，尝得村舍烟竹截为笛，坚如铁石，乃遗李牟。牟月夜泛舟吹之，寥亮逸发。俄有客呼舟请载。既至，请笛而吹，甚为精妙，山河可裂。及入破，呼吸盘擗，应声而碎。客散不知所之，疑其蛟龙也。　⑫ 如意：《晋书·王敦传》云：每酒后，辄咏魏武帝乐府，以如意打唾壶为节，壶边尽缺。

## 前　　调

　　醒而狂者①，只虫娘赘婿，蚁王槐国②。不是乌衣门第旧，亦岂世家棨戟③。文字撑肠④，诗篇棘手，贻笑才人惜。裙红钗紫，个中聊且生色。　　若不选舞征歌，风流跌荡，颇觉欢场寂。休道妇人醇酒计⑤，末路无聊之极。急管繁弦，竹啼兰笑，铁裂悲腔笛。英雄堪骂，不妨挝鼓三击⑥。

## 【注释】

　　①醒而狂者：《汉书・盖宽饶传》：宽饶曰："无多酌我，我乃酒狂。"丞相魏侯笑曰："次公醒而狂，何必酒也？"　②蚁王槐国：《异闻录》：淳于棼尝梦至一国，曰大槐安国。入国，王以女妻，拜为南柯太守。梦中倏然若度一世。及觉，乃宅南大槐树下蚁穴也。　③棨戟：《野客丛谈》：唐制，光禄大夫许门设棨戟。　④文字撑肠：苏轼《试院煎茶》："不愿撑肠拄腹文字五千卷，但愿一瓯常及睡足日高时。"　⑤妇人醇酒计：《史记・魏公子列传》：公子自知再以毁废，乃谢病不朝，与宾客为长夜饮。饮醇酒，多近妇女，日夜为乐饮者四岁，竟病酒而卒。　⑥英雄堪骂，不妨挝鼓三击：《后汉书・祢衡传》：次至衡，衡方为渔阳参挝，蹀躞而前，容态有异，声节悲壮，听者莫不慷慨。衡进至曹操前而止。吏呵之曰："鼓吏何不改装而轻敢进乎？"衡曰："诺。"于是先解祖衣，次释余服，裸身而立，徐取岑牟、单绞而着之毕，复参挝而去。后孔融复见操，说衡狂疾，今求得

自谢。操喜，敕门者："有客便通。"……衡乃着布单衣、疏巾，手持三尺棁杖，坐大营门，以杖捶地大骂。

## 前　　调

### 用前韵简坂口五峰，高野竹隐索和

故人何在？莽山河北越，是英雄国。闻说杉公城上月①，照见霜台雄戟。泯泯江流②，茫茫沙碛③，成败何须惜。三更过雁，一天星动寒色。　　那更新潟繁华④，海腾歌吹，是补风云寂。越女如花裁白纻⑤，春浣鸥波香极。巷赛乌衣，楼疑黄鹤⑥，梅落江城笛⑦。知君豪宕，兴来牙节闲击⑧。

## 【注释】

①杉公城：当是日本古地名。　②泯泯：杜甫《漫成二首》："春流泯泯清。"　③沙碛：沙漠。杜甫《送人从军》："今君度沙碛，累月断人烟。"　④新潟：地名。在日本本州西海岸中部，是重要港口之一。　⑤越女：李白诗："西施越溪女。"王维诗："谁怜越女颜如玉，贫贱溪头自浣纱。"　⑥黄鹤：《寰宇记》：黄鹤楼在湖北武昌西。费祎登仙，尝驾黄鹤憩此，故名。　⑦梅落江城笛：李白《与史郎中钦听黄鹤楼上吹笛》："黄鹤楼中吹玉笛，江城五月落梅花。"　⑧牙节：象牙拍板。《尔雅·释乐》：和乐谓之节。

## 前　　调

与人论词，仍用前韵

填词一道，爱六朝金粉①，花庭芜国②。正者鸭头春水丽③，变者奇峰攒戟④。惟性能灵，有神言悟，雕琢心肝惜。精微孤诣，绘来声影香色。　　无奈说梦痴人，茫然不解，一任风流寂。天遣扶桑生吾辈，出语何伤狂极。笑杀荒伧，原无凤慧，信口吹村笛。一般天水⑤，北宗南派排击⑥。

【注释】

① 六朝金粉：杨万里诗："六朝金粉暗魂销。"六朝，指东吴、东晋、宋、齐、梁、陈六个朝代。　② 花庭芜国：温庭筠诗："庭花忽作青芜国。"　③ 鸭头春水：李白《襄阳歌》："遥看汉水鸭头绿，恰似葡萄初酦醅。"④ 奇峰攒戟：王建《温门山》诗："晓入温门山，群峰乱如戟。"　⑤ 天水：《广韵》：伯益孙造父善御。幸于周穆王，赐以赵城，因封为氏。望出天水。⑥ 北宗南派：神田喜一郎著《日本填词史话》引《槐南词话》：词始于盛唐，盛于五代，至宋而其大成。故填词名家，莫不取法于宋者，而宋又有南北之别。北以豪放为宗，东坡、稼轩是也。南以清空缥缈之音为极旨，石帚、梅溪诸人是也。按槐南又以元遗山《赠答张教授仲父》诗意说明南北词派之异同。

**附：元好问《赠答张教授仲父》诗**

秋灯摇摇风拂席，夜闻叹声无处觅。疑作金荃怨曲兰畹辞，元是寒螀月中泣。世间刺绣多绝巧，石竹殷红土花碧。穷愁入骨死不销，谁与渠侬洗寒乞。东坡胸次丹青国，天孙缲丝天女织。倒凤颠鸾金粟尺，裁取琼绡三万匹。辛郎偷发金锦箱，飞浸海东星斗湿。醉中握手一长嗟，乐府数来今几家。剩借春风染华发，笔头留看五云花。


## 前　　调
### 用前韵，再题玉池道人画梅①

玉池仙馆，蓦空明幻出，白梅花国。老树横斜霜骨劲，如铁苔枝交戟②。何逊风流③，林逋眷属④，无鹤曾何惜？扬州一夜，二分明月添色⑤。　　梦被翠羽呼回⑥，澹灯凝定，忽学僧枯寂。一种曼陀香亦妙⑦，捉麈夜淡清极⑧。泼墨生云⑨，散花如雨，嘱客休拈笛。笑披绢素，砚冰铿然应击。


**【注释】**

① 玉池道人：日本诗人永坂石埭之别号。　② 苔枝：姜夔《疏影》词："苔枝缀玉。"参阅前日下部梦香《东风第一枝》注③。　③ 何逊风流：

见前日下部梦香《东风第一枝》注⑦。　④ 林逋眷属：《诗话总龟》：林逋隐于武林之西湖，不娶、无子，所居多种梅、蓄鹤。泛舟湖中，客至，则放鹤致之。因谓梅妻鹤子。　⑤ 二分明月：徐凝《忆扬州》："天下三分明月夜，二分无赖是扬州。"　⑥ 翠羽：见前野村篁园《东风第一枝》注④。⑦ 曼陀香亦妙：《妙法莲花经·序品第一》：是时天雨曼陀罗花……而散佛上及诸大众。杜甫诗："心清闻妙香。"　⑧ 捉麈：《晋书·王衍传》：妙善玄言，唯谈老庄为事。每捉玉柄麈尾，与手同色。　⑨ 泼墨：《画断》：王墨酒酣后，先以墨泼绢，脚踏手扪，随其形为山水石，不见墨汁之处。


## 前　　调

墨水酒楼邂逅梦楼话雨校书①，仍用前韵。

　　梦楼听雨，算相思初种，豆红南国②。平日自夸年少气，倒拔倚天长戟③。为尔全销，且毋多酌，酒浣罗裙惜④。鬓边花笑，背灯偷晕黄色⑤。　谁料墨水楼台，重相逢处，不比那宵寂。扇影衣香纷四座，中有目成情极⑥。侬也肠回⑦，卿还胆怯，聒耳筝琶笛。人前回避，暗中松钏微击。


【注释】

　　① 梦楼话雨：神田喜一郎著《日本填词史话》云：梦楼为永坂石埭寓居。

槐南作《冬夜玉池仙馆话雨》七律，诗中有句云："未信吴娘宜水阁，梦楼今夜醉相依。"自注："有柳桥雏妓在座侑酒。"墨水酒楼邂逅梦楼话雨校书，似即指侑酒事。校书：《云溪友议》：薛涛成都乐妓也。韦南康宠之，赠诗曰："万里桥边女校书，枇杷巷下闭门居。扫眉才子知多少，管领春风总不如。" ② 豆红南国：王维《相思》："红豆生南国，春来发几枝。劝君多采撷，此物最相思。" ③ 倒拔倚天长戟：宋玉《大言赋》："长剑耿耿倚天外。"《左传·襄公十年》：狄虒弥建大车之轮，而蒙之以甲，以为橹。左执之，右拔戟，以成一队。孟献子曰："诗所谓有力如虎者也。" ④ 酒涴罗裙：白居易《琵琶行》："血色罗裙翻酒污。" ⑤ 偷晕黄色：李商隐《蝶》："八字宫眉捧额黄。"王安石诗："汉宫娇额半涂黄。" ⑥ 目成：《九歌·少司命》："满堂兮美人，忽独与予兮目成。" ⑦ 肠回：司马迁《报任安书》："肠一日而九回。"

## 高野竹隐 八首

高野清雄，别号竹隐，名古屋人。初为诗，学厉鹗。明治十六年（1883年）秋，与森槐南订交，始填词。效顾贞观寄吴兆骞体，以词代书，作《金缕曲》二阕，寄赠槐南。此后二人酬唱甚多，成为明治中至大正初驰骋于日本词坛之两豪。

### 贺新凉
**依槐南词宗见赠韵奉酬，兼寄怀石埭先辈**

一事关心者，似悬旌①、摇摇遥向，小湖吟社。还想鬓华开丈室②，一十三行写罢③。旖旎处、凌波如画④。得意移将画眉笔⑤，是仙郎、妙句和成寡。为文苑，传佳话。　　寄来深感白司马⑥。古梁州⑦、慈恩院里，凄凉泣下。感梦他时应续记，记个莺春雁夜。更同醉、荷香满榭。料又梦楼劳别梦⑧，愿殷勤、为道相思也。待秋水，蒲帆挂。

【注释】

①悬旌：《战国策·楚策》："心摇摇如悬旌。"　②丈室：参见前日下

部梦香《水调歌头》注④。　③ 十三行：见前山本鸳梁《虞美人》注③。
④ 凌波：见前野村篁园《西子妆慢》注②。　⑤ 画眉：《汉书·张敞传》：敞为妇画眉，长安中传张京兆眉妩。　⑥ 白司马：白居易《琵琶行》自序云："元和十年，余左迁九江郡司马。"　⑦ 古梁州：《本事诗》：元相公稹为御史鞫狱梓潼。时白尚书（白居易）在京与名辈游慈恩，小酌花下，为诗寄元曰："花时同醉破春愁，醉折花枝作酒筹。忽忆故人天际外，计程今日到梁州。"时元果及褒地，亦寄梦游诗曰："梦君兄弟曲江头，也向慈恩寺里游。驿吏唤人排马去，忽惊身在古梁州。"千古神交，合若符契。　⑧ 梦楼：作者自注：石埭先生楼额大书"梦楼"二字。


## 摸　鱼　儿

长夏景物清旷，悠然有会，赋此阕

爱层层傍山依水，笠青蓑绿遥映。年年不负烟波兴，一任瘦人多病。长松影，现丈六如来①，顿入清凉境。芭蕉阴静。又几日温风，藕花无数，开到鹭鸶顶。　无人问，拍遍阑干尽凭②。寂寥梧竹幽径。有时醉卧陶潜石③，散发天风吹醒。琴心冷④，谱渔笛苹洲⑤，抵似江南景。看来也胜。趁暝色前林，乱鸦流水，烟际一声磬。

## 【注释】

① 丈六如来：《传灯录》：西方有佛，其形长丈六。按如来，为佛十号之一。　② 拍遍阑干：辛弃疾《水龙吟·登建康赏心亭》："把吴钩看了，阑干拍遍，无人会，登临意。"　③ 陶潜石：朱熹《陶公醉石归去来馆》诗："及此逢醉石，谓言公所眠。"　④ 琴心：《史记·司马相如传》：卓王孙有女文君新寡，好音。司马相如缪与临邛令相重，而以琴心挑之。　⑤ 谱渔笛苹洲：南宋周密词集名《苹洲渔笛谱》。


## 声　声　慢

### 舟自七里滩至厚田①

滩名仿佛，七里空江②，高踪谁是同俦。愧我征衫久客，赢得归舟。青山送迎堪画，似当年汐社风流③。沿古岸，有黄芦苦竹④，好着羊裘⑤。　　流水钟声乍近，和寒潮呜咽，搅乱闲愁。谁写孤篷听雨，欹枕惊秋。梦回鸡鸣犬吠，正渔娃、出汲潮头。喜系缆，酹一杯残月江楼⑥。


## 【注释】

① 七里滩：地名。厚田：地名，今日本北海道有厚田郡。　② 滩名仿佛，七里空江：《寰宇记》：严子陵钓台在桐庐县南大江侧，台下七里滩。

此谓日本七里滩与中国桐庐七里滩相仿佛。　③ 汐社:《宋遗民录》:南宋遗民谢翱名会友之所曰汐社,期晚而信。　④ 黄芦苦竹:白居易《琵琶行》:"住近湓江地低湿,黄芦苦竹绕宅生。"　⑤ 羊裘:《后汉书·严光传》:严光字子陵,与光武同游学。及光武即位,乃隐身不见。帝思其贤,令访之。后齐国上言:"有一男子,披羊裘钓泽中。"帝乃遣使聘之。除为谏议大夫,不屈,乃耕于富春山。后人名其钓处为严陵濑。　⑥ 酹一杯残月江楼:苏轼《念奴娇·赤壁怀古》词:"一尊还酹江月。"


# 高　阳　台

#### 舟自七里滩至厚田

　　渔火长芦,昏钟古岸,关河何似愁长。十里苹花,镜中缭绕山光。澄烟暝织吹难散,滴孤篷、作夜深凉。倦征途,人怪山闲,山笑人忙。　　船头笑岸临风帻①,问孤舟宽窄,可棹苍茫。我欲归仙,飘然吹到蓬阆②。归来游戏人间住③,算吹箫、载酒何妨。更灯前,莫看吴钩④,化作柔肠。


【注释】

　　① 岸帻:《晋书·谢奕传》:岸帻笑咏。按帻在覆额,露额曰岸。　② 蓬阆:蓬莱、阆风,海上仙山名。　③ 游戏人间:《太平广记》:王母

至上殿，指东方朔曰："此子昔为太上仙官，但务游戏，太上谪斥，使在人间。" ④吴钩：《梦溪笔谈》：吴钩，刀名也。杜甫《后出塞》诗："含笑看吴钩。"

## 燕 山 亭

### 重怀森槐南在香山①

豆雨初晴，竹屋一灯，悄地怀人而坐。明月半庭，白露横空，新雁几声啼过。树杪凉生，仿佛见、银云低堕。仙朵。有粉桂娟筊，翠捎香妥②。　大谢小谢风流③，想屐滑苔溪，筇扶路左。斜拥翠鬟，笑写乌丝，仙姝练裙风軃④。伫月听松，尽旬日、淹留也可。高卧。闲谱入、天箫有我。

【注释】

①香山：日本地名。　②翠捎香妥：扬雄《校猎赋》注：捎、拂也。《增韵》：掠也。《渔隐丛话》：西北方言以堕为妥。杜甫《重过何氏》："花妥莺捎蝶。"　③大谢小谢：谢灵运与族弟谢惠连，并以诗名，世称"大谢、小谢"。　④軃：垂下貌。岑参《虢州东亭送李司马》："柳軃莺娇花复殷。"

## 东风第一枝

感　旧

风障琴心，蝶妨铃索①，兰舟去也天远。第三空忆青溪，小姑黛眉较浅②。梢头豆蔻③，渐透轻松纤软。怎忍俊④、十五盈盈，拜月下阶羞见。　　香未了、定情故扇。钗折断、斗心玉燕。纵令再唤莺莺⑤，隔水语音遂换。灯帘飘雪，仿佛想、伊州低按⑥。问笑桃、重觅门中⑦，可有去年人面。

## 【注释】

①铃索：《天宝遗事》：宁王春日纫红丝为绳，密缀金铃，系于花梢上。每有鸟雀翔集，则掣铃索以惊之，盖惜花之故也。　②小姑：《异苑》：青溪小姑，蒋侯第三妹也。《古乐府·青溪小姑曲》："开门白水，侧近桥梁。小姑所居，独处无郎。"　③梢头豆蔻：杜牧《赠别》："婷婷袅袅十三余，豆蔻梢头二月初。"　④忍俊：含笑。《续传灯录》卷七，僧问："饮光（大迦叶）正见，为什么见拈花却微笑。"宽道禅师曰："忍俊不禁。"　⑤莺莺：元稹《会真记》，亦名《莺莺传》。又李绅《莺莺歌》："绿窗娇女名莺莺，金雀鸦鬟年十七。"　⑥伊州：《乐苑》云：伊州商调曲，西凉所进。白居易《伊州》诗："新教小玉唱伊州。"　⑦笑桃重觅：《本事诗》：崔护清明日独游，见庄居桃花绕宅，叩门求饮。有女子启关以杯水至。其人姿色秾丽。来岁复往寻之，门已扃锁。因题诗左扉："去年今日此门中，人面桃花相映红。

人面不知何处去,桃花依旧笑春风。"

## 水 龙 吟
### 题石埭词宗所藏女史绿春画兰①

瀛风吹下仙姿,多情一派潇湘水。瑶妃佩后,灵均纫处②,倩魂消矣③。肠断崔徽④,银钩自署⑤,风流小字。问谁修眉谱⑥,谁修兰谱,檀郎鬓,吴霜坠⑦。 多少楚天闲恨,又悠悠,几番秋意。算同心者⑧,再生缘也,玉池仙史。供养斋头,温存重见,莲花博士。敢淖污泥中,香薰墨染,有湘烟翠。

【注释】

① 绿春:森槐南跂竹隐《水龙吟》词后云:"绿春岳氏,吴兰雪姬人,所谓莲花博士侍书者也。才貌双绝,书画兼工,尤善画兰。嘉道间诸名士题咏极多。石埭获其小幅,珍袭秘惜。余尝作一长古题之,而不及此词之简而能尽也。"按吴兰雪名嵩梁,清嘉道间人。 ② 灵均纫处:屈原《离骚》:"扈江离与辟芷兮,纫秋兰以为佩。" ③ 倩魂:唐人小说《离魂记》,叙张倩娘感情而死,魂离躯体,远寻王生。 ④ 崔徽:苏轼《章质夫寄惠崔徽真》诗,宋援注云:崔徽,河中倡。裴敬中以兴元幕使河中,与徽相从者累月。敬中使罢,徽不能从,情怀怨抑。后数月,东川幕白知退将自河中

归。徽乃托人写真,因捧书谓知退曰:"为妾谓裴郎,崔徽一旦不及卷中人,徽且为卿死矣。"元稹为作《崔徽歌》。　⑤银钩:《书苑》:晋索靖草书绝代,名曰银钩虿尾。　⑥眉谱:《天宝遗事》:明皇幸成都,令画工作十眉图。《成都古今集记》云:明皇御容院有宋艺画翠眉十种。　⑦吴霜:李贺诗:"吴霜点归鬓。"　⑧同心:《周易》:同心之言,其臭如兰。

## 水 调 歌 头

天风吹散发,倚剑啸清秋。功名一念销尽,况又古今愁。漫学宋悲潘恨①,休效郊寒岛瘦②,恐白少年头。我欲乘楂去,招手海边鸥③。　吹铁笛,龙起舞,笑相酬。大呼李白何处,天姥梦游不④?杯浸琉璃千顷,月照山河一片,万古此沧州。何似控黄鹤,飞过汉阳楼⑤。

【注释】

①宋悲潘恨:宋玉《九辩》:"悲哉秋之为气也。"《晋书·潘岳传》:尤善为哀诔之文。　②郊寒岛瘦:苏轼《祭柳子玉文》:郊寒岛瘦。按寒瘦,指孟郊、贾岛二人诗风。　③海边鸥:《列子·黄帝》篇:海上之人有好沤鸟者,每旦之海上,从沤鸟游。按"沤"同"鸥"。　④天姥:李白有《梦游天姥吟留别》诗。　⑤汉阳楼:即黄鹤楼。见前森槐南《百字令》(故人何在)注⑥。

# 德山樗堂  一首

　　德山樗堂，名纯一，字公秉，号樗堂，又号梦梅瘦仙。越前人。明治初，仕东京司法省。明治九年（1876年）卒。森春涛门下词家。清人叶炜（松石），尝为东京华语教师，甚爱樗堂及丹羽花南、永坂石埭之才，以为三人诗学西昆，为东国之秀，欲选三家诗合刻之，未果。尝谓樗堂《极相思》一首，可为张炎、吴文英替人。


## 极 相 思
鹭津判事宅赏梅花，诸公皆有诗，予亦填词

　　一声长笛谁家？吹月上梅花。鹤归天杳，星摇水皱，今夕寒些。　　春雪扑帘香暗度，爱美人、玉骨清华①。歌边影瘦，酒边梦白，六扇窗纱。


**【注释】**

　　① 玉骨清华：形容梅花。

# 北条鸥所　七首

北条鸥所，名直方，东京人。庆应三年（1867年）九月生，少槐南三岁，仕司法省大审院书记长。明治三十八年（1905年）以肺病卒。

## 醉落魄

### 春　夜

江南一别，多风正是愁时节。今宵酒醒何凄绝。楚管谁家，吹上黄昏月。　　这月曾经光皎洁，那人瘦影春寒彻。梨花雪后酴醾雪①。浅梦重帘，多病都休说。

【注释】

① 酴醾：《岁时记》：酴醾本酒名，以花色似之故名，亦作荼蘼。

## 昭 君 怨

### 秋 夕 咏 怀

昨日荷亭水榭,今夜秋风月下。伴我苦吟声,乱蛩鸣。历历白榆如雨①,旁有青鸾孤舞②。天上也愁多,淡星河。

**【注释】**

①历历白榆:古乐府:"天上何所有,历历种白榆。" ②青鸾孤舞:《白帖》:孤鸾见镜睹其影,谓为雌,必悲鸣而舞。

## 相 见 欢

### 闺 词 二 阕

泪痕忍裹鲛绡①,做珠抛。报道小桃红落镜生潮②。 怎耐得,一枝笛,可怜宵。蝶影花魂入梦共飘摇。

**【注释】**

①鲛绡:《昭明文选·吴都赋》刘渊林注:俗传鲛人从水中出,曾寄寓人家,积日卖绡。鲛人临去,从主人索器,泣而出珠满盘。 ②小桃:

《老学庵笔记》：欧阳修咏小桃诗云："雪里开花人未知，摘来相顾共惊疑。便须索酒花前醉，初见今年第一枝。"初但谓桃花有一种早开者，及游成都，始识所谓小桃者，上元前后即着花，状如垂丝海棠。


## 前　　调

惺忪入梦偏惊，絮吹萦。道是点灯时也那堪情。　　晚梅落，风线约，雨丝轻。隔□帘儿听得不分明。


## 减字木兰花

### 春　夕

一枝楚管，吹到梨花凄欲断。今夕轻寒，月落香云落画栏。西厢酒醒①，悄地珠帘春有影。无限缠绵，柳弱于人剧可怜。


【注释】

① 西厢：《丽情集》：莺莺寄张生诗"待月西厢下，迎风户半开。月移花影动，疑是玉人来"。

## 双调南歌子

### 春　雨　词

芳草萋萋绿，离情脉脉间。东风一霎太无端，吹得晚梅花瘦小栏干。　　翠黛愁将蹙，红琴闷不弹。悄听帘外雨潺潺。燕子堂襟（疑"深"之误）只管说春寒。

### 前　　调

金鸭香犹袅，珠帘晚不钩。一奁秋水懒梳头。闲对海棠赢得几分愁。　　料峭余寒重，凄凄院落幽。浓春真个似残秋。十日雨丝风片锁妆楼①。

【注释】

①雨丝风片：汤显祖《还魂记》："雨丝风片，烟波面船。"王士禛《秦淮杂诗》："十日雨丝风片里，浓春烟景似残秋。"

## 森川竹磎　六首

森川竹磎，名键藏，字云卿，别号鬓丝禅侣，东京人。其家世为德川幕府之藩臣。明治二年（1869）生。明治十九年，年十八，为鸥梦吟社所刊之《鸥梦新志》编诗余栏，与森槐南、竹隐诸人相角逐。明治四十四年编《随鸥集》，时称为填词再兴。大正六年（1917）九月卒，年四十九。遗著有《词律大成》，删万氏《词律》十二调，一百十二体；补一百九十六调，六百三十五体。凡所录八百四十三调，一千六百九十六体。末录《大曲》一卷，名曰《词律补遗》。积二十年成书，不知今尚可踪迹否？

### 疏　　影
同槐南先生倚白石道人自度腔，同其原韵，题宁斋出门小草后

收珠拾玉，好出门一笑①，何处投宿。郭外人家，残腊无多，梅花笑倚修竹。招邀漫说青山远，二十里朝昏南北。想红尘，紫陌迎年，那似个侬幽独②。　　古寺凄然吊古，马蹄正踏雪，池涨新绿。更曳吟筇，追趁新晴，访遍疏篱茅屋。情深一往酣嬉极，又唱出竹枝新曲③。最可怜，客里招魂，顿觉泪盈幅。

【注释】

① 出门一笑：黄庭坚《水仙》诗："坐对真成被花恼，出门一笑大江横。"
② 个侬：指他人，犹言此人。隋炀帝诗："个侬无赖是横波。" ③ 竹枝：《乐府诗集》：竹枝本出于巴渝，唐贞元中刘禹锡在湘沅，以里歌鄙陋，乃依骚人《九歌》作《竹枝》新词九章。教里中儿歌之，由是盛于贞元、元和之间。

## 金 缕 曲

宁斋将归乡，诸同人为饯于江上。余以
病不能赴，因谱此解以寄，即送其行。

杨柳青青色①。更莺花、满城如锦，节将寒食。微雨夜来新霁了，绿水溶溶似拭。恰染出、早樱红湿。蝶版莺簧春若许，好风光谁忍成虚掷。君底事，别离急。　　当时欢笑相逢夕，那解道、西窗话雨②，别时凄恻。肠断关山千里路，纵听鹃啼鸨泣。鹧鸪也、唤君留得③。未必不如归去好④，想凄然、驻马空长忆。回首望，暮云碧。

【注释】

① 杨柳青青色：《诗人玉屑》：王维诗："渭城朝雨浥轻尘，客舍青青柳色新。劝君更尽一杯酒，西出阳关无故人。"后以为送别之曲。 ② 西窗话雨：李商隐《夜雨寄北》诗："君问归期未有期，巴山夜雨涨秋池。何当共剪西窗烛，却话巴山夜雨时。" ③ 鹧鸪也唤君留得：《本草》：俗谓鹧

鸠鸣声曰"行不得也哥哥"。 ④不如归去：《华阳国志·蜀王本纪》：蜀人以杜鹃为悲望帝，其鸣为"不如归去"。

## 如 此 江 山
### 遣怀即自题小照

封侯于我原无分，斯人定非穷士。小技文章，虚名到老，只恐无用而已。风流歇矣。恨人物如今，欲呼难起。乌鹊南飞①，江山千古如此。　悲夫天地逆旅。算人生百岁②，如梦如寄。一世之雄，今安在也，飘尽平生涕泪。风尘万事，叹天下滔滔，是谁知己。对酒须歌，苦心无益耳。

**【注释】**

①乌鹊南飞：曹操《短歌行》："月明星稀，乌鹊南飞。绕树三匝，何枝可依？"　②逆旅：《左传·僖公二年》杜注：逆旅，客舍也。李白《拟古诗》："天地一逆旅，同悲万古尘。"

## 解 佩 令
### 竹溪题壁

无鱼也好，无车也好①，有千竿修竹更好。修竹千竿，看绿玉琅玕围绕[2]，没些儿俗扰（原作"纷"，疑是"扰"）。　　前溪秋早，后溪秋早，惹清愁一片还早。静里填词，拟竹屋竹山精巧[3]，更竹垞新调[4]。

【注释】

① 无鱼、无车：见前森槐南《满江红》（菊悴兰憔）注⑦。　② 琅玕：白居易《栽竹》诗："熨手弄琅玕。"琅玕，玉名，比喻竹。　③ 竹屋：高观国字宾王，宋山阴人，其词有《竹屋痴语》一卷。竹山：蒋捷字胜欲，宋宜兴人，德祐进士，入元不仕，有《竹山词》一卷。　④ 竹垞：清初诗人朱彝尊字锡鬯，别号竹垞，有《曝书亭词》。

## 绿　　意

帘纹水洁，似那时院落，一番明月。因甚如今，满地斜阳，迷了飞来胡蝶。新阴欲染禽声绿，早渐近、黄梅时节。看不多，游迹湖山，只许梦魂飞越。　　此段清幽趣味，把词兴懒废，消遣无物。待去商量，花信唯余[1]，魏紫姚黄堪说[2]。休言故山蔷薇好，纵不恶、霎时飘瞥。便当有，一种风情，应是比前全别。

## 【注释】

①花信：《演繁露》谓三月花开时风，名花信风。又参见后越南词白毫子《西江月》注①。 ②魏紫姚黄：《牡丹谱》：人谓牡丹花王，今姚黄真可为王，而魏紫乃后尔。又欧阳修诗"伊川洛浦寻芳遍，魏紫姚黄照眼明"。按魏、姚为养花人姓氏，紫、黄为花色。

## 沁 园 春
### 次高野竹隐见寄词韵，却寄

仆更如何？歌即近狂，曲素不工。肯谩然呼汝，稼轩身替①。胡为称我，槐史调同②。仆答云何，君其莫误，知否侬才在下中③。唯乘兴，几展笺呵笔，晕碧裁红。　　光阴若此匆匆，新词和就，兴会奚空？翠羽禽寒，落梅花白，今夜高楼三面风。吹箫处，把君词度与，明月帘栊。

## 【注释】

①稼轩：辛弃疾字幼安，历城人。南宋初耿京聚兵山东，留掌书记，奉表南归。累官龙图阁待制，进枢密都承旨。赠少师，谥忠敏。有《稼轩长短句》十二卷。 ②槐史：森大来别号槐南小史（见前森槐南小传）。 ③侬：《正韵》：俗谓我为侬。下中：《史记·李广传》：李蔡为人在下中。

# 附　填词的滥觞

〔日本〕神田喜一郎

在我国，第一个填词的人究竟是谁呢？

追述起来，应当从平安朝初期说起。具体地说，就是从淳和天皇天长四年（827年），良岑安世奉敕组织当时的硕学之士滋野贞主等编纂奈良朝以来的诗文，即总集《经国集》说起。总集卷十四有嵯峨天皇御制《渔歌子》五阕以及三品有智子内亲王①和滋野贞主的奉和之作七阕。现在，我们把《经国集》中御制五阕，参照《经国集》中所习见的体裁包括它的题目，一并揭示于左：

### 《渔歌子》五首（每歌用"带"字）

太上天皇（在祚）

江水渡头柳乱丝，渔翁上船烟景迟。乘春兴，无厌时，求鱼不得带风吹。

渔人不记岁月流，淹泊沿洄老桲舟。心自效，常狎鸥，桃花春水带浪游。

青春林下度江桥，湖水翩翩入云霄。烟波客，钓舟遥，往来无定带落潮。

溪边垂钓奈乐何，世上无家水宿多。闲钓醉，独棹歌，洪荡飘飘带沧波。

寒江春晓片云晴，两岸花飞夜更明。鲈鱼脍，莼菜羹，餐罢酣歌带月行。

这实际上就是我国填词的开端。江户末期的田能村竹田，在他的名著《填词图谱》中，把兼明亲王尊奉为我国填词的开山祖。此后，长期以来，这个说法就为学术界所共认。但是，既然出现了嵯峨天皇的御制词，不用说，田能村那种说法，自然应当予以更正；而在日本汉文学史上，真正的填词开山祖则必当推戴嵯峨天皇了。最先指出这一事实的，是学术界先辈青木迷阳（正儿）博士。

拜读嵯峨天皇御制，我们便可得知，这是唐人张志和著名的五阕《渔歌子》的摹拟之作。张志和原作五阕，初见于唐李德裕写的《玄真子渔歌记》（《李文饶文集》别集七），五代无名氏《尊前集》和宋计有功《唐诗纪事》等书也曾记载：

　　西塞山前白鹭飞，桃花流水鳜鱼肥。青箬笠，绿蓑衣，斜风细雨不须归。
　　钓台渔父褐为裘，两两三三舴艋舟。能纵棹，惯乘流，长江白浪不曾忧。
　　霅溪湾里钓鱼翁，舴艋为家西复东。江上雪，浦边风，笑着荷衣不叹穷。
　　松江蟹舍主人欢，菰饭莼羹亦共餐。枫叶落，荻花干，醉宿渔舟不觉寒。

  青草湖中月正圆，巴陵渔父棹歌连。钓车子，橛头船，乐在风波不用仙。

以上是张志和原作。这些作品，一般人只知道前面所引的"西塞山前白鹭飞"一阕，其实是五阕联章，而且每阕都以结句第五字用"不"字，为其奇处。嵯峨天皇御制每阕结句第五字都用"带"字，与此同一手法。由此可见，天皇是以张志和的作品为蓝本的。并读二作，只觉得一种高雅冲淡的意趣见于其中；天皇不只是仿效原作的形式，而且深入到原作的神髓中去。这境界使人为之倾倒。

  这里，我想谈些题外话，就是张志和作《渔歌子》的由来。在《道藏》洞真部记传类中所收南唐沈汾《续仙传》一书中，卷上有题为"玄真子"的一条记述。玄真子就是张志和的道号。根据书中记述，张志和是会稽山阴人，博学能文，善画，曾中过进士。他有一种超俗的气宇，酒行三斗不醉，卧雪不僵，溺水不濡，遍游天下名山大川。《渔歌子》五阕，是颜真卿任湖州刺史，张志和往访时所作。只要读一读《颜鲁公文集》卷九所收颜真卿写的题为《浪迹先生玄真子张志和碑》一文，就可进一步了解这一事实。文中有一段写道："大历九年秋八月，讯真卿于湖州。前御史李崿以缣帐请焉。俄挥洒，横播而纤纩霏拂，乱枪而攒毫雷驰。须臾之间，千变万化，蓬壶仿佛而隐见，天水微茫而昭合。观者如堵,轰然愕贻。在座六十余人,玄真命各言爵里纪年名字第行,于其下作两句题目,命酒以蕉叶书之。授翰立成,潜皆属对,举席骇叹。竟陵子因命画工图而次焉。真卿以舴艋既弊,请命更之。答曰:'倘惠渔舟,愿以为浮家泛宅,以沿溯江湖之上(《四部丛刊》本无'以'字——译者),往来苕霅之间,野夫之幸矣。'其诙谐辩捷皆此类也。"颜真卿似乎是爱其人,如其请,为之造舴艋舟。但这里所见张志和的话正可当《渔歌子》内容之佐证。特别应当指出的是,据颜真卿记载,张志和访颜真卿于湖州所作《渔歌子》,是在大历九年(774年)秋八月。当事者所言,这是极其确凿的。老实说,这一年代对于我们来说,是很重要的。

　　为此,我们再看看,嵯峨天皇的《渔歌子》于何时所作?如前所述,在《经国集》中,《渔歌子》题目下面写明"太上天皇",注"在祚"。很明显,编纂《经国集》之时,嵯峨天皇已经是"太上天皇";而《渔歌子》正是他在位时的作品。嵯峨天皇在位时代,自大同四年(809年)至弘仁十四年(823年)十四年间。《经国集》中御制长短句《渔歌子》,当是这期间的作品。然而,皇女有智子内亲王的奉和之作,也同样收录于《经国集》。天皇同内亲王之间,经常有诗词唱和,那是弘仁十四年春二月的事情。当时,天皇行幸贺茂神社,开设花宴,命侍臣们作诗,同社斋院的内亲王才十七岁。花宴的课题是:赋七律《春日山庄诗》。相传这是天恩优渥的大好时机,此时宫廷内长幼之间才有唱和。

因此，长短句《渔歌子》等宫廷中的唱和之作，其写作年代，也就只能限定在弘仁十四年。说得具体一点，就是在嵯峨天皇行幸贺茂神社之弘仁十四年二月至同年四月十六日让位于御弟淳和天皇时这两个月之间。其时，距张志和于唐大历九年（774年）作《渔歌子》，仅仅过了不到四十九年。当时，长短句这种新兴诗体流传日本，实在迅速。大概是入唐朝士中哪位风雅人物，把汉土最新作品携带回国，并立即上达天听，使天皇于宵旰国治之余得以摹拟的吧！那时候，不是很有可能连同"歌腔"一并传入的吗？那些"歌腔"，如果今天还保留下来，那真正是难得的文化瑰宝。但是，在汉土，《渔歌子》"歌腔"，看来早在宋代就已经失佚了。苏东坡在《浣溪沙》序中写道："玄真子渔父词，极清丽，恨其曲度不传，故加数语，令以《浣溪沙》歌之。"这一些姑且不论，但是嵯峨天皇那种与最先进文化结缘的新人气派，却使人惊叹。天皇制作长短句《渔歌子》，正是唐穆宗长庆三年（823年），当时官居润州刺史之职的李德裕正撰写前文所引《玄真子渔歌记》，这虽是偶然的巧合，但其中恐怕也有某种因缘吧。

有智子内亲王和滋野贞主的奉和之作如左：

### 《渔歌子》二首（奉和御制，每歌用"送"字）

公主

白头不觉何人老，明时不仕钓江滨。饭香稻，苞紫鳞，不欲荣华送吾真。

春水洋洋沧浪清,渔翁从此独濯缨。何乡里,何姓名,潭里闲歌送太平。

### 《渔歌子》五首（奉和御制,每歌用"入"字）

滋野贞主

渔父本自爱春湾,鬓发皎然骨性明。水泽畔,芦叶间,挈音远去入江边。

微花一点钓翁舟,不倦游鱼自晓流。涛似马,湍如牛,芳菲霁后入花洲。

潺湲绿水与年深,棹歌波声不厌心。砂巷啸,蛟浦吟,山岚吹送入单衫。

长江万里接云倪,水事心在浦不迷。昔山住,今水栖,孤竿钓影入春溪。

水泛经年逢一清,舟中暗识圣人生。无思虑,任时明,不罢长歌入晓声。


我想,有智子内亲王不愧为才女中的佼佼者,其所作,无论命意或措辞,都使滋野贞主瞠目其后,更何况还是一位十七岁少女之作。林鹅峰在"本朝一人一首"中,称内亲王为"本朝女中,无双秀才",当不是溢美之辞。

至于贞主,《文德实录》卷四仁寿二年（852年）十二条谓其"精通九经，号称名儒"。而且，从其奉淳和天皇之命编纂著名的《秘府略》一千卷来看，贞主作为当时第一流的硕学之士，那是当之无愧的。但就词章而论，似乎未可多予称许。就说这《渔歌子》，笔下有窘涩之处，诸如"涛似马，湍如牛""昔山住，今水栖"一类词句，都显得稚拙。而且，其造语也往往沿袭了日本人所习用的方法，这是令人遗憾的。

总之，我国填词开始于嵯峨天皇的君臣唱和之作，这正与从弘文天皇御制所开始的汉诗前后交相辉映。

（施议对译，焦同仁校）
（译自神田喜一郎著《日本にぉける中国文学》
卷之一《日本填词史话》上册）

① 译者注：天皇姐妹和皇女为"内亲王"。

# 朝 鲜 词

夏承焘 选校
胡树淼 注释

# 李齐贤  五十三首

李齐贤（1288—1367年），字仲思，号益斋，高丽（朝鲜）人。忠肃王时，曾任西海道安廉使。二十八岁，为忠宣王所赏，曾侍从至北京，后曾数往返。著有《栎翁稗说》（历史散文、传说、诗论等）及诗歌乐府，表现其爱国心情。其词写景极工，笔姿灵活。山河之壮、风俗之异、古圣贤之遗迹，凡闳博绝特之观，皆已包括在词内。

## 沁 园 春
### 将 之 成 都

堪笑书生，谬算狂谋①，所就几何！谓一朝遭遇，云龙风虎②；五湖归去③，月艇烟蓑④。人事多乖，君恩难报，争奈光阴随逝波。缘何事，背乡关万里，又向岷峨⑤。　　幸今天下如家，顾去日无多来日多。好轻裘快马，穷探壮观；驰山走海，总入清哦⑥。安用平生，突黔席暖⑦，空使毛群欺卧驼⑧。休肠断，听阳关第四⑨，倒卷金荷⑩。

## 【注释】

①谬算狂谋：错误计算，任意筹划。　②云龙风虎：《易经》：云从龙，风从虎。按此喻君臣知遇。　③五湖：太湖之别名。《国语·越语》云：越王勾践灭吴后，大夫范蠡隐于"五湖"。　④烟蓑：烟蓑雨笠，谓渔翁生涯。　⑤岷峨：岷山，在今四川省松潘县北。峨嵋山，在今四川省峨嵋县西南。岷峨，代表四川。　⑥清哦：谓吟诗。　⑦突黔席暖：《淮南子·修务训》：孔子无黔突，墨子无暖席。谓灶突不至于黑，坐席不至于温。形容不暇久留。　⑧欺卧驼：苏轼诗："奈何舍我入尘土，扰扰毛群欺卧驼。"　⑨阳关第四：白居易《对酒》诗："相逢且莫推辞醉，听唱阳关第四声。"第四声即王维《渭城曲》第三句："劝君更尽一杯酒。"此诗唐时谱为送别之曲，至"阳关"句反复歌之，谓之《阳关三叠》。　⑩金荷：指酒杯。黄庭坚《念奴娇》词："共倒金荷，家万里，难得尊前相属。"

## 江　神　子

### 七夕冒雨到九店①

银河秋畔鹊桥仙②，每年年，好因缘。倦客胡为，此日却离筵。千里故乡今更远，肠正断，眼空穿。　　夜寒茅店不成眠，一灯前，雨声边。寄语天孙③，新巧欲谁传④。懒拙只宜闲处著，寻旧路，卧林泉⑤。

## 【注释】

① 九店：地名，在山东省蓬莱县西九里。　② 鹊桥仙：指七夕牛女相会。《风俗通》：织女七夕渡河，使鹊为桥。权德舆《七夕》诗："今日云骈渡鹊桥，应非脉脉与迢迢。"　③ 寄语：传话。杜甫《路逢襄阳少府入城戏呈杨员外绾》诗："寄语杨员外，山寒少茯苓。"天孙：指织女星。《史记·天官书》云：织女，天女孙也。　④ 巧：参见前日本词森槐南《恋绣衾》注①。　⑤ 林泉：指退隐之地。贺知章《题袁氏别业》诗："偶坐为林泉。"

## 鹧鸪天

### 过新乐县①

宿雨连明半未晴②，跨鞍聊复问前程。野田立鹤何山意③，驿柳鸣蜩是处声。　千古事，百年情，浮云起灭月亏盈。诗成却对青山笑，毕竟功名怎么生。

## 【注释】

① 新乐县：地名，即今河北省新乐县。　② 宿雨：谓隔夜之雨。北宋周邦彦《苏幕遮》词："叶上初阳干宿雨，水面清圆，一一风荷举。"连明："明"疑"朝"误。　③ 立鹤：曹植《洛神赋》："竦轻躯以鹤立，若将飞

而未翔。"

## 【校勘】

"驿柳"句中的"驿"字,商务《丛书集成》本(以下简称集成本)作"馹",今从朱氏《彊村丛书》本(以下简称朱本)。

## 前　　调
### 九月八日寄松京故旧①

客里良辰屡已孤,菊花明日共谁娱②。闭门暮色迷红草③,欹枕秋声度碧梧④。　　三尺喙⑤,数茎须,独吟诗句当歌呼。故园依旧龙山会⑥,剩肯樽前说我无?

## 【注释】

① 松京:古地名,原高句丽王宫所在地,在今朝鲜开城市。　② 明日:此指农历九月初九。古人以九为阳数,二"九"相重,故叫重阳。见前日本词日下部梦香《紫荑香慢》注①。重阳节正是菊花盛开之际,有登高赏菊之习俗。孟浩然《秋登兰山寄张五》诗:"共醉重阳节。"　③ 红草:即荭草,又名水荭。　④ 碧梧句:欧阳修《秋声赋》:"四无人声,声在树间。予曰:

'嘻嘻，悲哉，此秋声也。'"　　⑤三尺喙：唐陆余庆善于论事而少机判，有人嘲笑他："说事则喙长三尺，判字则手重五斤。"喙，谓嘴。　　⑥龙山会：见前日本词日下部梦香《紫萸香慢》注④。

## 前　　调

饮麦酒　其法不笃不压，插竹筒瓮中，座客以次就而吸之。傍置杯水，量所饮多少，挹注其中，酒若不尽，其味不渝。

未用真珠滴夜风，碧筩醇酎气相通[①]。舌头金液[②]凝初满，眼底黄云陷欲空。　　香不断，味难穷，更添春露吸长虹[③]。饮中妙诀人如问，会得吹笙便可工[④]。

【注释】

　　①碧筩：盛酒器。《酉阳杂俎》：魏郑公悫率宾佐避暑，取荷叶盛酒，刺叶与柄通，屈茎如象鼻，传吸之，名曰碧筩杯。苏轼诗："碧筩时作象鼻弯，白酒微带荷心苦。"醇酎：《西京杂记》：汉制以正月旦造酒，八月成，名曰九酿，一名醇酎。辛弃疾《粉蝶儿》词："把春波，都酿作一江醇酎。"　　②金液：谓仙家之药。《抱朴子》：金液，太乙所服而仙者也。李白《题随州紫阳先生壁》诗："终愿惠金液，提携凌太清。"　　③更添春露句：见题下注。意谓当瓮中之酒逐渐减少时，要加些水，才能继续吸上来。春露：

指水。徐陵:"春露秋霜,允恭粢盛。"吸长虹,似今虹吸。　④饮中妙诀:此二句谓若问吸酒诀窍,可体会吹笙动作。按吹笙方法:吹气孔用弯管,既能吹,也能吸。

## 前　　调

### 扬州平山堂今为八哈师所居①

乐府曾知有此堂②,路人犹解说欧阳③。堂前杨柳经摇落,壁上龙蛇逸杳茫④。　云澹泞,月荒凉,感今怀古欲沾裳。胡僧可是无情物,毳衲蒙头入睡乡⑤。

## 【注释】

①扬州平山堂:《舆地纪胜》:在扬州城西北大明寺侧,登堂而望,江南诸山,拱列檐下,故名。哈师:待考。　②乐府:汉武帝时开始设立,掌管音乐。后称可以配乐演唱的民间歌词、文人诗歌为乐府。词是配乐文学,也叫乐府。　③欧阳:即欧阳修。平山堂为宋庆历年间郡守欧阳修所建。　④壁上龙蛇:当指题壁诗文,书法似龙蛇飞舞。曹唐《游仙》诗:"大篆龙蛇随笔札。"　⑤毳衲:《癸辛杂识》:唐裴休晚年,披毳衲……。按毳,走兽细毛;衲,僧衣。

## 前　调
### 鹤　林　寺①

夹道修篁接断山②,小桥流水走平田。云间无处寻黄鹤③,雪里何人开杜鹃④。　　夸富贵,慕神仙,到头还是梦悠然。僧窗半日闲中味,只有诗人得秘传。皆山中故事

【注释】

①鹤林寺:又名竹林寺,在今江苏省镇江市南黄鹤山下。唐诗人刘长卿《送灵澈》诗:"苍苍竹林寺。"　②修篁:谓修长竹子。柳宗元诗:"檐下修篁十二竿。"　③黄鹤:崔颢《黄鹤楼》诗:"黄鹤一去不复返,白云千载空悠悠。"　④开杜鹃:"开"疑"闻"误。

## 太　常　引
### 暮　行

栖鸦去尽远山青。看暝色①、入林坰②。灯火小于萤。人不见、苔扉半扃③。　　照鞍凉月,满衣白露,系马睡寒厅。今夜候明星④,又何处,长亭短亭⑤。

## 【注释】

①瞑色:夜色。李白《菩萨蛮》词:"瞑色入高楼。" ②林坰:林外谓之坰。杜甫诗:"客思迥林坰。" ③苔扉半扃:苔扉,门上长青苔。半扃,半掩。 ④明星:指太白金星。据《韩诗外传》云:太白晨出东方为启明,昏见西方为长庚。按这里作者所候的应为启明星。 ⑤长亭短亭:庾信《哀江南赋》:"十里五里,长亭短亭。"参见前日本词日下部梦香《青玉案》注②。

## 浣 溪 沙
### 早 行

旅枕生寒夜惨凄,半庭明月露凄迷,疲僮梦语马频嘶①。人世几时能少壮②,宦游何处计东西,起来聊欲舞荒鸡③。

## 【注释】

①疲僮:谓疲劳之家僮。 ②人世几时能少壮:杜甫《赠卫八处士》诗:"少壮能几时。" ③舞荒鸡:《晋书·祖逖传》:祖逖与刘琨共被同寝,中夜闻荒鸡鸣,蹴琨觉曰:"此非恶声也。"因起舞。

## 【校勘】

宦游句,集成本作"宦游何☐☐☐☐☐☐☐☐☐☐☐"。缺十一个字,今依朱本。

## 前　　调

### 黄帝铸鼎原①

见说轩皇此炼丹,乘龙一去杳难攀②。鼎湖流水自清闲③。空把遗弓号地上④,不蒙留药在人间,古今无计驻朱颜。

## 【注释】

① 铸鼎原:在今陕西省黄陵县西北之桥山。　② 乘龙:《史记·封禅书》:黄帝采首山铜,铸鼎于荆山下,有龙下迎黄帝上天。　③ 鼎湖:黄帝铸鼎于荆山下,有沮水流经,故名鼎湖。　④ 遗弓:传说黄帝乘龙上天以后,其弓堕地,百姓手抱此弓而号,名曰"乌号弓"。

## 大 江 东 去

### 过 华 阴①

三峰奇绝②,尽披露、一掬天悭风物。闻说翰林曾过此③,

长啸苍松翠壁。八表游神④，三杯通道⑤，驴背须如雪⑥。尘埃俗眼，岂知天上人杰。　　犹想居士胸中，倚天千丈气，星虹闲发。缥渺仙踪何处问，箭筈天光明灭⑦。安得联翩，云裾霞佩⑧，共散骐麟发⑨。花间玉井⑩，一樽轰醉秋月。

## 【注释】

① 华阴：《太平寰宇记》：华州华阴县，以在太华山之阴，故名。　② 三峰：谓华山芙蓉、明星、玉女三峰。　③ 翰林：此指李白。白曾官翰林学士，天宝十五载，白有《西上莲花山》诗。莲花山即西岳华山，在今陕西省华阴县。　④ 八表：指四面八方以外极远之地。陶渊明《归鸟》诗："远之八表，近憩云岑。"　⑤ 三杯通道：《汉书·朱博传》：博为人廉俭，不好酒色游宴，自微贱至富贵，食不重味，案上不过三杯。李白诗："三杯通大道，一斗合自然。"　⑥ 驴背须如雪：《全唐诗话》：相国郑綮善诗，或曰："相国近为新诗否？"对曰："诗思在灞桥风雪中驴子背上，此何所得之。"　⑦ 箭筈：华山有岭道名箭筈，在今陕西省汧阳县南岐山最高处。旧设关于此，曰箭筈关，是宋、金交战之重要关隘。　⑧ 云裾霞佩：谓仙人服饰。⑨ 共散骐麟发：当是形容散发如骐麟毛。《山栖志》：孙太初入太白山，时有所得，赤脚散发，走最高峰，持古松根，扣巨奇石以歌。　⑩ 花间玉井：《华山记》云：山顶有池，生千叶莲花，服之羽化。韩愈诗："太华峰头玉井莲，花开十丈藕如船。"花间玉井盖指此。

## 蝶 恋 花

### 汉武帝茂陵①

石室天坛封禅了②,青鸟含书③,细报长生道。宝鼎光沉仙掌倒④,茂陵斜日空秋草。　　百岁真同昏与晓,羽化何人⑤,一见蓬莱岛⑥。海上安期今亦老,从教吃尽如瓜枣⑦。

## 【注释】

①茂陵:汉武帝刘彻死,葬于茂陵。在今陕西兴平县东南。　②天坛封禅:汉武帝曾至泰山封禅。在泰山上筑土为坛以祭天,谓之封;泰山下小山上祭地,谓之禅。　③青鸟:《汉武故事》:七月七日,忽有青鸟,飞集殿前。东方朔曰:"此西王母欲来。"有顷,王母至,三青鸟夹侍王母旁。按后人借称使者为青鸟。　④仙掌:《三辅黄图》:神明台,汉武帝造。上有承露盘,有铜仙人舒掌捧铜盘玉杯,以承云表之露,和玉屑服之,以求仙道。　⑤羽化:成仙谓之羽化。《晋书·许迈传》:好道者,皆谓之羽化矣。　⑥蓬莱岛:指仙岛。传说在东海中有蓬莱、方丈、瀛洲,谓之三神山。　⑦安期二句:安期生,传说是秦代仙人。始皇与语三日,赐金璧,皆置去。汉武帝时,方士少君谓曰:臣常游海上,见安期生,安期生食巨枣,大如瓜。

## 人 月 圆

### 马嵬效吴彦高①

五云绣岭明珠殿②,飞燕倚新妆。小颦中有③,渔阳胡马,惊破霓裳。　海棠正好,东风无赖④,狼藉春光⑤。明眸皓齿⑥,如今何在?空断人肠。

**【注释】**

① 马嵬:地名,今在陕西省兴平县西二十五里。天宝十五载,安禄山攻破潼关,唐玄宗(李隆基)奔蜀至马嵬驿,六军驻马不进,使高力士赐杨贵妃(杨玉环)死。效吴彦高:即摹仿吴氏《人月圆》词体。　② 五云:谓空中五色之云。《云笈七签》:元洲有绝空之宫,在五云之中。绣岭明珠殿:都穆《骊山记》:骊山左肩曰东绣岭,右肩曰西绣岭。乔宇《骊山记》:宜春亭内有飞霜、九龙、明珠诸殿。杜牧《华清宫》诗:"绣岭明珠殿。"
③ 小颦句:苏轼诗:"游人指点小颦处,中有渔阳胡马嘶。"小颦,微微皱眉。
④ 无赖:无聊赖。杜甫《奉陪郑驸马韦曲》诗:"韦曲花无赖,家家恼杀人。"
⑤ 狼藉春光:此以落花狼藉,比喻杨贵妃被迫而死。　⑥ 明眸皓齿:杜甫《哀江头》诗:"明眸皓齿今何在?血污游魂归不得。"眸,瞳子;皓,白。按指杨贵妃。

## 水 调 歌 头

### 过 大 散 关 ①

行尽碧溪曲,渐到乱山中。山中白日无色,虎啸谷生风。万仞崩崖叠嶂,千岁枯藤怪树,岚翠自濛濛。我马汗如雨,修径转层空 ②。　　登绝顶,览元化 ③,意难穷。群峰半落天外,灭没度秋鸿。男子平生大志,造物当年真巧,相对孰为雄。老去卧邱壑,说此诧儿童。

### 【注释】

① 大散关:在今陕西省宝鸡市西南,地势险要,是秦蜀往来要道,也是宋、金交战关隘。　② 修径:王僧儒《侍宴》诗:"交枝隐修径,回流影遥阜。"　③ 元化:谓大造之运化。李白《江宁杨利物画赞》诗:"笔鼓元化,形分自然。"

## 前　　调

### 望　华　山

天地赋奇特,千古壮西州 ①。三峰屹起相对,长剑凛清秋。铁锁高垂翠壁,玉井冷涵银汉 ②,知在五云头 ③。造物可无物,掌迹宛然留④。　　记重瞳，柴祀秩⑤，答神休⑥。真诚若契真境⑦，青鸟引丹楼。我欲乘风归去，只恐烟霞深处，幽绝使人愁⑧。一啸蹇驴背，潘阆亦风流⑨。

## 【注释】

①西州：当指长安。《帝王世纪》：汉高祖都长安，光武都洛阳，故时人以洛阳为东京，长安为西京。　②玉井：见前《大江东去》注⑩。　③五云：即五云峰。　④掌迹：王涯《太华仙掌辨》：西岳太华之首峰有五崖，自下远望，偶为掌形。崔颢《行经华阴》诗："岩峣太华俯咸京，天外三峰削不成。武帝祠前云欲散，仙人掌上雨初晴。"　⑤重瞳二句：《史记·项羽本纪》：舜目重瞳。又《史记·封禅书》谓舜东巡至泰山。柴，望秩于山川。按"柴，望秩"，谓祭时积柴其上而燔之。　⑥神休：扬雄《甘泉赋》："拥神休，尊明号。"注：休，美也，言见祐护以休美之祥也。于石诗："豚蹄一盂酒，神休答丰穰。"　⑦真境：指古代仙神所住之地。《宋史·乐志·鼓吹上》："蓬莱邃馆，金碧照三山，真境胜人间。"　⑧我欲乘风归去句：苏轼《水调歌头》词："我欲乘风归去，又恐琼楼玉宇，高处不胜寒。"　⑨潘阆亦风流：潘阆，北宋大名（今属河北）人，曾为四门国子博士，后因受政治迫害，长期流亡。其《三峰》诗有："高爱三峰插太虚，回头仰望倒骑驴。"

## 玉 漏 迟

### 蜀中中秋值雨

　　一年唯一日。游人共惜，今宵明月。露洗霜磨，无限金波洋溢①。幸有瑶琴玉笛，更是处、江楼清绝。邀俊逸②，登临一醉，将酬佳节。　　岂料数阵顽云，忽掩却天涯、广寒宫阙③。失意初筵，唯听秋虫鸣咽。莫恨姮娥薄相④，且吸尽杯中之物。圆又缺，空使早生华发。

**【注释】**

　　① 金波：指月光。《汉书·礼乐志》："月穆穆以金波。"颜师古注：言月光穆穆，若金之波流也。李白《赠宣城宇文太守兼呈崔侍御》诗："金波忽三圆。"　② 俊逸：杜甫《春日忆李白》诗："清新庾开府，俊逸鲍参军。"　③ 广寒宫：《龙城录》：唐明皇与申天师、鸿都客，八月望日夜，同游月中，见榜曰："广寒清虚之府。"　④ 姮娥：古代神话中有姮娥奔月故事，后世便称月亮为"姮娥"。汉人避汉文帝刘恒讳，改"姮娥"为"嫦娥"。

## 菩 萨 蛮

### 舟 中 夜 宿

　　西风吹雨鸣江树，一边残照青山暮。系缆近渔家，船头人语哗。　　白鱼兼白酒,径到无何有①。自喜卧沧洲②,那知是宦游。

**【注释】**

①径到无何有:《庄子·逍遥游》:今子有大树,患其无用,何不树之于无何有之乡,广莫之野。苏轼诗:"此间道路熟,径到无何有。"　②沧洲:犹言水滨,隐者所居。陆云《泰伯碑》:"沧洲遁迹,箕山辞位。"

## 前　　调

### 舟次青神①

长江日落烟波绿,移舟渐近青山曲。隔竹一灯明,随风百丈轻。　　夜深篷底宿,暗浪鸣琴筑。梦与白鸥盟②,朝来莫漫惊。

**【注释】**

①青神:县名。今在四川省眉山县南濒岷江北岸。　②白鸥盟:谓隐士与白鸥作伴侣。黄庭坚《登快阁》诗:"此心吾与白鸥盟。"

## 洞 仙 歌

### 杜子美草堂

百花潭上,但荒烟秋草,犹想君家屋乌好①。记当年、远道华发归来,妻子冷,短褐天吴颠倒②。　　卜居少尘事,留得囊钱,买酒寻花被春恼。造物亦何心,枉了贤才,长羁旅、浪生虚老。却不解、消磨尽诗名,百代下、令人暗伤怀抱。

【注释】

① 屋乌:《说苑·贵德》:武王克殷,召太公而问曰:"将奈其士众何?"太公对曰:"臣闻爱其人者,兼爱屋之乌。"　② 短褐天吴句:杜甫《北征》诗:"天吴及紫凤,颠倒在短褐。"天吴,神话中水神名。短褐,粗布短衣。此谓短褐上补有刺绣天吴、紫凤之布,致使图像颠倒。


## 满 江 红

### 相如驷马桥①

汉代文章,谁独步?上林词客②。游曾倦,家徒四壁③,气吞七泽④。华表留言朝禁闼⑤,使星动彩归乡国⑥。笑向来、父老到如今,知豪杰。　　人世事,真难测;君亦尔,将谁责。

顾金多禄厚,顿忘畴昔⑦。琴上早期心共赤⑧,镜中忍使头先白⑨。能不改、只有蜀江边,青山色。

## 【注释】

①相如驷马桥:原名升仙桥。司马相如东游过此,题桥柱曰:"不乘驷马高车,不过此桥。"故后改此名。在今四川省成都市西北。 ②上林:苑囿名。遗址在今陕西省周至县一带。司马相如撰有《上林赋》:"……独不闻天子之上林乎?" ③家徒四壁:《史记·司马相如传》:文君夜亡奔相如,相如乃与驰归,家居徒四壁立。 ④七泽:古谓楚有七泽。司马相如《子虚赋》:"臣闻楚有七泽,尝见其一,未睹其余也。臣之所见,盖特其小小者耳,名曰云梦。" ⑤华表:《古今注》:尧设诽谤之木,今之华表木也,大路交衢悉施焉。或谓之表木。又墓上石柱称华表,亦称望柱。禁闼:天子所居,门阁有禁,非侍御之臣,不得妄入,故曰禁闼。《汉书》:出入禁闼二十余年。 ⑥使星:原是星名,此指司马相如。钱起诗:"极目烟霞外,孤舟一使星。" ⑦金多禄厚,顿忘畴昔二句:谓司马相如做官富贵以后,顿忘过去卓文君对他一片深情。 ⑧琴上早期心共赤:司马相如在卓王孙家鼓琴,弹《凤求凰》曲以表其对卓文君之爱慕,文君夜奔相如。 ⑨镜中忍使头先白句:《西京杂记》:司马相如将聘茂陵一女为妾,文君作《白头吟》:"凄凄重凄凄,嫁娶不须啼,愿得一心人,白头不相离。"

## 木兰花慢

### 长安怀古

骚人多感慨，况故国，遇秋风。望千里金城，一区天府，气势清雄。繁华事，无处问，但山川景物古今同。鹤去苍云太白①，雁嘶红树新丰②。　　夕阳西下水流东，兴废梦魂中。笑弱吐强吞③，纵成横破④，鸟没长空。争如似犀首饮⑤，向蜗牛角上任穷通⑥。看取麟台图画⑦，□余马鬣蒿蓬⑧。

【注释】

①太白：山名，在今陕西省。李白《蜀道难》诗："西当太白有鸟道。"②新丰：地名。汉置。在今陕西临潼东北。汉高祖迎父居长安，父思归乡，于是高祖改筑城寺街里以象丰，徙丰民以实之，故号新丰。　③弱吐强吞：谓弱国土地被强国侵占。　④纵成横破：战国时有纵横家，苏秦联六国以拒秦为纵，张仪说六国以事秦为横。　⑤犀首：战国魏公孙衍号犀首。《史记·陈轸传》：轸过梁，见犀首曰："公何好饮也？"犀首曰："无事也。"赵孟頫诗："无事自甘犀首饮。"　⑥蜗牛角句：蜗牛角，比喻极小境地。《庄子·阳则》：有国于蜗之左角者，曰触氏；有国于蜗之右角者，曰蛮氏。时相与争地而战。任穷通，谓各国间之争地斗争，成败得失，不足挂怀。　⑦麟台：汉宣帝画功臣之像藏于麒麟阁。李白诗："功成画麟阁，独有霍嫖姚。"　⑧马鬣：《礼记·檀弓》：马鬣，封之谓也。按聚土曰封，故冢谓

之封。范成大诗:"坟丘才马鬣。""惟余马鬣蒿蓬",谓功成名就之人,坟墓上只剩下蓬蒿野草。

## 【校勘】

一、朱本"纵成横破",集成本作"纵成横磕"。从朱本。

二、朱本"争如似犀首饮"集成本作"争如何犀首饮"。从朱本。

三、朱本"□余马鬣蒿蓬"集成本作"虽饮马鬣蒿蓬"。朱本的"余"字上无字,集成本之"虽饮"二字,均误。据夏承焘教授之辨析,全句应是"惟余马鬣蒿蓬"。

## 前　　调

### 书李将军家壁①

　　将军真好士,识半面,足吾生。况西自岷峨②,北来燕赵,并辔论情。相牵挽,归故里,有门前稚子候渊明。对酒欢酣四坐,挑灯话到三更③。　　高歌伐木鸟嘤嘤④,怀抱向君倾。任客路光阴,欲停归骑,更尽飞觥⑤。人间世,逢与别,似浮云聚散月亏盈⑥。但使金躯健在,白头会得寻盟⑦。

## 【注释】

①李将军：指汉代名将李广。《史记·李将军列传》谓其作战时身先士卒，平日能和士卒同甘苦。广驻兵右北平（今河北省北部），匈奴称之为"飞将军"。　②岷峨：见前《沁园春》注⑤。　③挑灯句：谓陶潜归里后，在灯下与亲朋话旧到深夜。　④高歌句：《诗·伐木》："伐木丁丁，鸟鸣嘤嘤。"此谓求其友声。　⑤飞觥：指举杯饮酒。　⑥浮云：李白《送友人》诗："浮云游子意。"此谓人生离合，一如浮云。　⑦但使两句：谓只要身体健康，到老年还会前来凭吊。金躯：谓贵重身体。李白《赠僧朝美》诗："了心何言说，各勉黄金躯。"

## 巫山一段云

### 潇湘八景① 平沙落雁

玉塞多缯缴②，金河欠稻粱③。兄兄弟弟自成行，万里到潇湘。　远水澄拖练④，平沙白耀霜⑤。渡头人散近斜阳，欲下更悠扬。

## 【注释】

①潇湘八景：沈括《梦溪笔谈》：度支员外郎宋迪工画，犹善为平远山水。其得意者，有"平沙落雁、远浦归帆、山市晴岚、江山暮雪、洞庭

秋月、潇湘夜雨、烟寺晚钟、渔村夕阳",谓之八景。潇湘:即潇水和湘水,在今湖南省零陵县合流后称潇湘,其地有潇、湘两镇。 ②玉塞:地名。在甘肃省敦煌县西一百五十里阳关之西北,古时通西域之要道,即玉门关。谢庄《舞马赋》:"乘玉塞而归宝。"缯缴:猎取飞鸟之射具。《三辅黄图》:伙飞(力士)具缯缴以射雁。 ③金河:即古倒剌山水。其水映石如金,故名。今在呼和浩特一带。《唐书·地理志》:单于大都护府,龙朔二年置县,名金河。 ④远水句:指远水似白色绸带。谢朓诗:"澄江静如练。" ⑤白耀霜:形容平沙颜色。

## 前　调

### 远　浦　归　帆

南浦寒潮急,西岑落日催①。云帆片片趁风开②,远映碧山来。　　出没轻鸥舞,奔腾阵马回。船头浪吐雪花堆,画鼓殷春雷③。

【注释】

①西岑:山小而高曰岑。许浑诗:"残月半西岑。" ②云帆句:《蕙风词话》云:益斋词写景极工。《巫山一段云·远浦归帆》云"云帆片片趁风开"云云,笔姿灵活,得帆随湘转之妙。 ③画鼓殷春雷:谓浪击船

头,声似春雷。《诗·殷其雷》:"殷其雷。"殷,雷发声。读仄声。

## 前　　调
### 潇 湘 夜 雨

　　潮落蒹葭浦①,烟沉橘柚洲。黄陵祠下雨声秋②,无限古今愁。　　漠漠迷渔火,萧萧滞客舟。个中谁与共清幽③,唯有一沙鸥④。

【注释】

　　①蒹葭:《诗·蒹葭》:"蒹葭苍苍,白露为霜。"　②黄陵祠:在今湖南省湘潭黄陵山,湘江由此流过。　③个中:苏轼《李颀画山见寄》诗:"平生自是个中人,欲向渔舟便写真。"　④沙鸥:水鸟。杜甫《旅夜书怀》诗:"飘飘何所似,天地一沙鸥。"

## 前　　调
### 洞 庭 秋 月

　　万里天浮水①,三秋露洗空。冰轮辗上海门东②,弄影碧波中。　　荡荡开银阙③,亭亭插玉虹④。云帆便欲挂西风,直到广寒宫。

【注释】

①万里天浮水:写洞庭湖烟波浩淼,水天无际。杜甫《登岳阳楼》诗:"吴楚东南坼,乾坤日夜浮。"　②冰轮:比喻月轮浩白如冰。陆游《月下作》:"玉钩定谁挂,冰轮了无辙。"　③银阙:指月宫。　④玉虹句:玉虹,当指桥。苏辙《次韵道潜南康见寄》诗:"待濯清溪看玉虹。"按亭亭,即婷婷。此句描写月下桥形之美。


## 前　　调

### 江天暮雪

风紧云容惨,天寒雪势严。筛寒洒白弄纤纤①,万屋尽堆盐②。　　远浦回渔棹,孤村落酒帘。三更霁色妒银蟾③,更约挂疏帘。


【注释】

①纤纤:细小貌。此句写落雪。　②堆盐:比喻积雪。《晋书·王凝之妻谢氏传》谓谢安问侄辈雪何所似?安兄子朗曰:"撒盐空中差可拟。"

③ 银蟾：月亮。朱邺《扶桑赋》："玉漏声残，银蟾影度。"李中诗："银蟾飞出海东头。"

## 前　　调

### 烟　寺　晚　钟

楚甸秋霖卷①，湘岑暮霭浓②。一春容罢一春容③，何许日沉钟。　　摇月传空谷，随风渡远峰。溪桥有客倚寒筇④，一径入云松。

**【注释】**

①楚甸：属于古代楚国范围内之地域。秋霖卷：霖，雨。卷，收。② 湘岑：泛指湖南境内诸山。　③ 春容：形容钟声。《礼记·学记》：善待问者如撞钟，叩之以小者则小鸣，叩之以大者则大鸣；待其从容，然后尽其声。　④ 筇：竹名，可作手杖。黄庭坚《次韵德孺新居病起》："稍喜过从近，扶筇不驾车。"

## 前　　调
### 山　市　晴　岚

　　远岫螺千点①，长溪玉一围。日高山店未开扉，岚翠落残霏②。　　隐隐楼台远，濛濛草树微。市桥曾记买鱼归，一望却疑非③。

【注释】

　　① 远岫句：谓远处诸山如同女人螺髻。辛弃疾《水龙吟》词："遥岑远目，献愁供恨，玉簪螺髻。"　② 岚翠句：岚，山气。杜牧《雨霁》诗："水声侵笑语，岚翠扑衣裳。"霏，谢灵运诗："云霞收夕霏。"　③ 隐隐四句：形容山中多岚翠，致使楼台草树市桥，皆似在蒙蒙细雨中，看不真切。

## 前　　调
### 渔　村　落　照

　　远岫留残照，微波映断霞。竹篱茅舍是渔家，一径傍林斜。绿岸双双鹭，青山点点鸦①。时闻笑语隔芦花，白酒换鱼虾。

【注释】

① 点点：庾信《晚秋》诗："可怜数行雁，点点远空排。"


# 前　　调

## 平沙落雁

醉墨疏还密①，残棋整复斜。料应遗迹在泥沙，来往岁无差。　　水暖仍菰米②，霜寒尚苇花。心安只合此为家，何事客天涯。


【注释】

① 醉墨：谓醉后挥毫。陆游诗："我诗欲成醉墨翻。"　　② 菰米：古时称"安胡"或"雕胡"，是多年生草本植物，实似米，可作饭，故称菰米，系六谷之一。枚乘《七发》："楚苗之食，安胡之饭。"


# 前　　调

## 远浦归帆

解缆离淮甸，扬舲指楚乡①。风声飒飒水茫茫，帆席上危樯。　　断送浮云影,惊回过雁行。江楼红袖倚斜阳②,远引客心忙。

【注释】

①淮甸:指淮水一带。舲:指有窗牖之小船。　②红袖:指女人。王俭乐府:"罗袿徐转红袖扬。"

## 前　　调
### 潇　湘　夜　雨

暗澹青枫树①,萧疏斑竹林。篷窗夜雨冷难禁,欹枕古乡心。　　二女湘江泪②,三闾楚泽吟③。白云千载恨沉沉,沧海未为深。

【注释】

①青枫树:杜甫《寄韩谏议》诗:"青枫叶赤天雨霜。"　②二女:相传舜南巡死于苍梧,二妃娥皇、女英追至湘江边,悲伤哭泣,泪洒在竹子上,变成斑竹。　③三闾:三闾大夫,战国楚国职官名。屈原曾任此职,后即以指屈原。李商隐《过郑广文旧居》诗:"宋玉平生恨有余,远循三楚吊三闾。"

## 前　调

### 洞 庭 秋 月

衡岳宽临北，君山小近南①。中开七百里湖潭，吴楚入包含。　　银汉秋相接，金波夜正涵。举杯长啸待鸾骖②，且对影成三③。

### 【注释】

① 君山：一名洞庭山，又名湘山，在洞庭湖中。李白《游洞庭》诗："淡扫明湖开玉镜，丹青画出是君山。"　② 鸾骖：江淹《别赋》："驾鹤上汉，骖鸾腾天。"　③ 且对影成三：李白《月下独酌》诗："花间一壶酒，独酌无相亲。举杯邀明月，对影成三人。"

## 前　调

### 江 天 暮 雪

向夕回征棹，凌寒上酒楼。江云作雪使人愁，不见古潭洲。声紧云边雁，魂清水上鸥。千金骏马拥貂裘①，何似卧渔舟。

## 【注释】

① 貂裘句：貂裘，用貂皮制成。《战国策·赵策》：李兑送苏秦明月之珠，和氏之璧，黑貂之裘，黄金百镒。辛弃疾《水调歌头》："季子正年少，匹马黑貂裘。"季子，即苏秦。

## 前　调
### 山　市　晴　岚

海气蒸秋热，山容媚晓晴。森森万树立无声，空翠袭人清。镜里双蛾敛，机中匹练横。隔溪何处鹧鸪鸣，云日翳还明①。

## 【注释】

① 翳还明：翳，谓浮云蔽日。明，谓云开日出。

## 前　调
### 渔　村　落　照

雨霁长江碧，云归远岫青。一边残照在林坰，绿网晒苔屏①。波影明重绮，沙痕射远星②。鲈鱼白酒醉还醒③，身世任浮萍。

## 【注释】

① 林坰、苔屑：见前《太常引》注②③。　② 波影二句：描写夕阳照耀水面，波纹如重绮，光点如远星。　③ 鲈鱼：味极鲜美。戴复古诗："功名未必胜鲈鱼。"

## 前　　调

### 松都八景① 紫洞寻僧

傍石过清浅，穿林上翠微②。逢人何更问僧扉，午梵出烟霏③。　草露沾芒屦④，松花点葛衣。鬓丝禅榻坐忘机⑤，山鸟漫催归⑥。

## 【注释】

① 松都：见前《鹧鸪天》(客里良辰)注①。　② 翠微：山气青缥色曰翠微。一说山腰幽深处名翠微。《尔雅》：山未及上，翠微。　③ 梵：佛者称梵。又，相传印度文字是大梵天王所造，故佛经称梵经。钱起《送僧归日本》："水月通禅寂，鱼龙听梵声。"此谓念经之声。　④ 芒屦：即草鞋，又称芒鞋。陈师道诗："竹杖芒鞋取次行。"　⑤ 鬓丝句：杜牧《题禅院》诗：

"今日鬓丝禅榻畔,茶烟轻飏落花风"。《庄子·天地》:有机事者必有机心。忘机,就是忘其机心。李白《下终南山过斛斯山人宿置酒》诗:"陶然共忘机。" ⑥漫:莫。

## 前　　调

### 青 郊 送 客

芳草城东路,疏松野外坡。春风是处别离多,祖帐簇鸣珂①。　村暖鸡呼屋,沙晴燕掠波。临分立马更婆娑②,一曲渭城歌③。

【注释】

①祖帐簇鸣珂:祖帐,谓饯行。祭道神曰祖,供张曰帐。李白诗:"开筵引祖帐。"鸣珂,储光羲《洛阳道》诗:"双双鸣玉珂。"珂,贝壳。古代官员用作马笼头上之装饰品,其响声曰鸣珂。簇,丛聚貌。　②立马婆娑:形容马欲去又回,表示惜别之意。　③渭城:在今陕西省。王维《渭城曲》:"渭城朝雨浥轻尘,客舍青青柳色新。劝君更尽一杯酒,西出阳关无故人。"

## 前　　调

### 北 山 烟 雨

万壑烟光动,千林雨气通。五冠西畔九龙东<sup>①</sup>,水墨古屏风。　岩树浓凝翠,溪花乱泛红。断虹残照有无中,一鸟没长空<sup>②</sup>。

【注释】

①五冠、九龙:疑是朝鲜地名。　②岩树四句:《蕙风词话》:《北山烟雨》云:"岩树浓凝翠,溪花乱泛红。断虹残照有无中,一鸟没长空。"浓凝、乱泛,叠韵对双声,与史邦卿"因风残絮,照花斜阳"句同。

## 前　　调

### 西 江 风 雪

过海风凄紧,连云雪杳茫。落花飘絮满江乡<sup>①</sup>,偷放一春狂。　渔市关门早,征帆入浦忙。酒楼何处咽丝簧,愁杀孟襄阳<sup>②</sup>。

【注释】

①江乡：指水旁乡村。杜甫诗："恨别满江乡。"　②孟襄阳：唐孟浩然隐居湖北襄阳，其诗多写隐沦恬淡情趣。

## 前　　调
### 白 岳 晴 云

菖杏春风后，茅茨野水头①。晴云弄色蔼林邱，雨意未能休。　　京县民无赋②，郊田岁有秋。明朝去学种瓜侯③，身世寄菟裘④。

【注释】

①茅茨：茅屋。钱起《谷口书斋寄杨补阙》诗："泉壑带茅茨。"　②京县：谓京城所属县。无赋，谓无赋税。　③种瓜侯：《史记·萧相国世家》：召平者，故秦东陵侯。秦破，为布衣，贫，种瓜于长安城东，瓜美，故世俗谓之"东陵瓜"。作者引古人隐居之典以自喻。　④菟裘：古邑名，春秋鲁地，在今山东省泰安县东南楼德镇。《左传·隐公十一年》：使营菟裘，吾将老焉。按后世因称士大夫告老退隐之处所为"菟裘"。

## 前　　调

### 黄桥晚照

隐见溪流转，纵横野垄分。隔林人语远堪闻，村径绿如裙。鸢集蜈山树，鸦投鹄岭云①。来牛去马更纷纷，城郭日初曛。

**【注释】**

① 鸢：鸟名，形状似鹰。又称老雕。蜈山、鹄岭，当是山名。

## 前　　调

### 长湍石壁

插水云根耸，横空黛壁开。鱼龙吹浪转隅隈，百里绿徘徊。日浸玻璃色①，花分锦绣堆。画船载酒管弦催，一日绕千回。

**【注释】**

① 日浸玻璃色：谓阳光照在水中。玻璃，指水。欧阳修词："溶溶春水浸春云，碧玻璃滑净无尘。"

## 前　　调

### 朴　渊　瀑　布①

日照群峰秀，云蒸一洞深。人言玉辇昔登临，盘石在潭心。白练飞千尺，青铜彻万寻②。月明笙鹤下遥岑，吹送水龙吟③。

【注释】

①朴渊：古山名，位于朝鲜中部东海岸太白山脉之北。　②青铜：谓渊潭似镜子。苏轼诗："但见碧海磨青铜。"　③水龙吟：词牌名。《填词名解》：越调曲也，取名于李白诗："笛奏龙吟水。"

## 前　　调

### 紫　洞　寻　僧

老喜身犹健，闲知兴更添。芒鞋竹杖度千岩，迎送有苍髯。坐久云归岫，谈余月挂檐。但教沽酒引陶潜，来往意何厌①？

【注释】

①厌：读平声。厌厌，安详貌。

## 前　　调
### 青郊送客

野寺松花落,晴川柳絮飞。临风白马紫金靮①,欲去惜芳菲。聚散今犹古,功名梦也非。青山不语暗相讥,谁见二疏归②?

**【注释】**

① 紫金靮:马头上装饰品。苏轼诗:"门前骢马紫金靮。" ② 二疏:指汉代疏广、疏受叔侄二人,同时辞官退隐。

## 前　　调
### 西江风雪

云压江边屋,风鸣浦口樯。时登草阁挂南窗,云海杳茫茫。　斫脍银丝细①,开樽绿蚁香。高歌一曲礼成江②,肠断贺头纲③。

【注释】

①斫脍句：谓切肉。斫，同砍。脍，细切肉。《论语》："脍不厌细。"
②礼成江：朝鲜河水名。发源于黄海道之真彦山，南流注于黄海。 ③肠断贺头纲：《北苑茶录》：白茶与胜雪，自惊蛰前兴役，浃日（十天）乃成。飞骑疾驰，不出仲春，已至京师，遂号为头纲玉芽。苏轼诗："上人问我迟留意，待赐头纲八饼茶。"自注："尚书学士得赐头纲茶一斤八饼。"此句当谓尚书学士得到皇上赐茶，引以为荣，互相庆贺；但这"贺"字背后，则含有不少劳动人民的血泪，所以说"肠断"。


## 前　　调

### 北　山　烟　雨

　　澹澹青空远，亭亭碧巘重①。忽惊雷雨送飞龙②，欲洗玉芙蓉③，　稍认岩间寺，都迷壑底松。良工呿笔未形容，疑是九疑峰④。


【注释】

①碧巘重句：谓碧绿之层峦叠嶂。 ②飞龙：旧说龙能兴云雨。杜甫《戏题王宰画山水图》："中有云气随飞龙。" ③玉芙蓉：指山峰。 ④九疑峰：又名"苍梧"，在今湖南省宁远县南面六十里，传说舜死后埋于此。

《汉书·武帝纪》：望，祀虞舜于九疑。注：九疑山半在苍梧，半在零陵。其山九峰，形势相似，故名九嶷山。韩愈《八月十五夜赠张功曹》诗："洞庭连天九疑高。"


## 前　　调

### 白 岳 晴 云

晓过青郊驿，春游白岳山①。提壶劝酒语关关②，一听一开颜。　　村舍疏林外，田畦乱水间。郊原雨足信风还③，羡杀岭云闲④。


【注释】

①白岳山：山名。即太白山脉的最高峰。　②提壶：鸟名。王禹偁诗："迁客由来长合醉，不烦幽鸟道提壶。"　③信风：《唐国史补》卷下：自白沙溯流而上，常待东北风谓之信风。七月八月有上信，三月有鸟信，五月有麦信。按谓可信其定期而来的风。　④岭云闲句：李白《独坐敬亭山》诗："孤云独去闲。"

## 前　　调
### 黄　桥　晚　照

旷望苽田路①，嵯峨柳院楼。夕阳行路却回头，红树五陵秋②。　　城郭遗基壮，干戈往事悠。村家童子不知愁，横笛倒骑牛。

【注释】

① 苽田：苽同菰。菰菜，俗称茭白。　② 五陵：汉朝五皇帝墓：高帝长陵、惠帝安陵、景帝阳陵、武帝茂陵、昭帝平陵，皆在今陕西省西安市附近。此以中国五陵比拟松京风景。

## 前　　调
### 朴　渊　瀑　布

绝壁开嵌窦①，长川挂半天。跳珠喷玉几千年，爽气白如烟。岂学燃犀客②，唯期驻鹤仙③。淋衣暑汗似流泉，到此欲装绵④。

【注释】

①绝壁句:谓峭壁上突然绽开一个洞口。 ②燃犀客:相传燃烧犀角,可以照出妖怪。《晋书·温峤传》:温峤至牛渚矶,水深不可测,世云其下多怪物。峤遂燃犀角而照之。 ③驻鹤仙:《列仙传》:王乔约家人七月七日会晤,至期,果乘白鹤驻山头,望之不得到。 ④装绵:谓绵絮服装。


## 前　　调

### 长湍石壁

瘦骨千年立①,苍根百里盘②。横张侧展绿波间,一带玉屄颜③。　猎骑何曾顾,渔郎只漫看。诗人强欲状天悭,赢得鬓毛斑④。


【注释】

①瘦骨:指巍峨石壁。 ②苍根:指山脚。百里盘:指溪流百里盘旋。 ③屄颜:通巉岩,山峻貌。司马相如赋:"放散畔岸,骧以屄颜。" ④状天悭:天悭,谓山景奇丽天地间所少见。苏轼诗:"奔腾赴幽赏,披豁露天悭。"赢得:剩得。杜牧《遣怀》:"十年一觉扬州梦,赢得青楼薄幸名。"此二句谓诗人强令自己描写此奇丽山景,只剩得头发斑白。极言山景无法形容,枉自劳神而已。

## 附：鸡林府院君谥文忠李公墓志铭

推忠保节同德赞化功臣三重太匡韩山君领艺文春秋馆事兼成均大司成李穑撰

　　至正二十七年，岁在丁未，秋七月□日，推诚亮节同德协义赞化功臣、壁上三韩三重大匡、鸡林府院君、领艺文春秋馆事益斋先生李公，以病卒于第，年八十一。大〔太〕常谥文忠公。十月□日，有司具仪卫，葬于牛峰县桃李村先茔。丙辰冬十月□日，配享玄陵庙庭。

　　公讳齐贤，字仲思，父姓李氏。新罗始祖赫居世，有佐命大臣一李谒平。其后苏判居明，生兵部令金现。兵部生三韩功臣大守金书。新罗王金溥既纳土入朝，尚太祖女乐浪公主，生女，以妻金书，生润弘。润弘生承训，承训生周复，周复生偁，偁生侈连，侈连生宠暹，宠暹生春贞，春贞生玄福，玄福生宣用，宣用生升高。升高生文林郎尚衣直长同正，讳得坚。尚衣生赠左仆射讳翮。仆射生检校政丞谥文定讳瑱，娶戴陵直朴仁育之女、辰韩国大夫人，以至元丁亥十二月庚辰生公。

　　公自幼嶷然如成人，既知为文，已有作者气。大德辛丑，公年十五，郑常偁试成均，举者负其能相颉颃，闻公所作，消缩莫敢争先，公果为魁。是岁菊斋权公溥、悦轩赵公简试礼闱，公又中丙科。权公以其子妻之。公曰："此小技耳，不足以大畜吾德，讨论坟典，淹贯精研，折衷以至当。"文定公大喜曰："天其或者益大吾门乎。"癸卯，权务奉先库利判官，延庆宫录事。

戊申，选入艺文春秋馆，馆中人推让不敢论文。其冬，迁齐安府直讲。己酉，擢司宪纠正。庚戌，迁选部散郎。辛亥，再转典校寺丞三司判官，所居称职。皇庆壬子，选为西海道按廉使，有古持斧风，升成均乐正。冬，提举丰储仓事。癸丑，副令内府。丰储监斗斛，内府校锱铢尺寸，公为之无难色。人曰："李公可谓不器君子矣。"忠宣王佐仁宗定内难，迎立武宗，故于两朝宠遇无对，遂请传国于忠肃，以太尉留京师邸，构万卷堂，考究以自娱，因曰："京师文学之士，皆天下之选，吾府中未有其人，是吾羞也。"召至都，实延祐甲寅正月也。姚牧庵、阎之静、元复初、赵子昂咸游王门，公周旋其间，学益进，诸公称叹不置。乙卯，迁选部议郎；秋拜成均祭酒，因兼议郎。丙辰，奉使西蜀，所至题咏，脍炙人口，是岁判典校寺事。丁巳，拜选部典书。己未，王降香江南，楼台风物，遇兴遣怀，每从客曰："此间不可无李生也。"庚申，知密直司事，赐端诚翊赞功臣之号，知贡事，时称得士，公年盖三十四。文定辰韩外舅姑三室主皆无恙，公举觞称寿，一世歆之。是年，奏授高丽王府断事官。至治壬戌冬还京师。未至，忠宣王被谮出西蕃。明年，公往谒，讴吟道中，忠愤蔼然。泰定甲子，加圭靖大夫密直司事。乙丑，改赐功臣号曰推诚亮节，再转佥议评理、政堂文学。丙寅，移三司使。天历庚午，忠惠王权国，复为政堂文学，未几罢。后至元丙子，以三重太匡，封金海君，领艺文馆事。己卯春二月，忠肃王薨。其秋政丞曹顿胁百官屯兵永安宫，宣言逐去君侧恶小，而阴为沈王地。忠惠王率精骑击杀之,而其党之在都者甚众,必欲抵王罪,人心疑危,祸其不测。公愤不顾曰:"吾知吾君之子而已。"从之如京师,代舌以笔,事得辨析,功在一等。既还,群小益煽,公屏迹不出,著《桉翁稗说》。至正甲申冬,忠穆王即位,进府院君,领孝思观事,书筵以公为师。丙戌,修忠烈王实录。戊子,判三司事。辛卯冬,玄陵即位,未至国,拜公右政丞,权署征东省事。数月国空虚,公措置得宜,人赖以安。壬辰,赐推诚亮节同德协义赞化功臣之号。元从功臣赵日新忌公居其上,公知之,三上表固辞。其冬十月,日新聚群不逞,夜入宫害所忌,纵兵诛杀,公以辞位得免。日新伏诛,起公为右政丞。癸巳正月辞。五月以府院君知贡举。甲午十二月,复为右政丞。明年又辞。公年七十,封金海侯。十二月为门下侍中。丁酉五月,乞以本职致仕,从之。国制:封君致仕,颁禄有差;既老而犹受厚禄,于义不安,故有是请。朝论以为本职致仕,非所以敬大臣也。壬寅,复封鸡林府院君。

公自十五登科,名盖一世。立朝以来,专奉文书,历外制,于艺文春秋馆,由属官至两府封君,未尝去职,唯忠定三年不与焉,以公尝奉表请立玄陵故也。公天资厚重,辅以学问,高明正大,故其发于议论、措诸事业者,烨然可观也。初,公读史,笔削大义,必法春秋,至则天纪,曰:"那将周余分,续我唐日月。"后得朱子纲目,自验其识之正。人有片善,称誉惟恐不闻,先辈遗事,虽细以为难及,平生未尝疾言遽色有及于秽语,对客置酒，商榷古今，亹亹不倦。崔拙翁叹曰："士别三日，刮目相待，吾于益斋见之矣。"公务遵旧法，不喜更张，尝曰："吾志岂不如古人，但吾才不及今人耳。"公之孙，连姻奇氏，公忌其盛满，及其拜平章，玄陵敕两制赋诗以贺，且命公叙其事。公辞不为，自号益斋。辛盹之败，玄陵曰："益斋先见之明，不可及也。尝言盹非端人，今果验。"公自少，侪辈不敢斥名，必称益斋；及为宰相，人无贵贱，皆称益斋，其见重于世如此。公所著文集若干卷，行于世。

公凡三娶。吉昌国夫人权氏生二男三女：长男曰瑞种，奉常大夫宗簿副令；次曰达尊，奉常大夫典理总郎宝文阁直提学知制教；长女适正顺大夫判司仆寺事任德寿；次适中正大夫典农正李系孙；次适银青光禄大夫签书枢密院事翰林院大学士金希祖，封义和宅主。寿春国夫人朴氏，宣授西京等处万户府副万户、中显大夫司仆正讳居实之女，生一男三女：男曰彰路，奉翊大夫开城尹；长女适正顺大夫判典农寺事朴东生；次适奉顺大夫判典校寺事宋懋；次惠妃，今为尼。瑞原郡夫人徐氏，通直郎知瑞州事讳仲麟之女，生二女：长适中正大夫三司右尹金南雨，次适奉善大夫典医副正李有芳。侧室生二女，长适中郎将林富阳，次幼。宗簿娶密直使兼监察大夫洪侑之女，生一男二女：男曰宝林，匡靖大夫政堂文学商议会议都监事进贤馆大提学上护军；长女适通宪大夫判卫尉寺事赵茂，次适中显大夫顺兴府使李元禰。又娶检讨中郎将金松柱女，生一男曰元益，娶密直崔沆女，生一男，幼。总郎娶上党君白颐正女，生三男一女：长曰德林，朝奉郎骊兴郡事；次曰寿林，奉翊大夫同知密直司事，仕元朝为翰林学士资善大夫，以故赠公大常卿具勋阶爵；次曰学林，中显大夫小府尹；女适奉翊大夫开城尹光禄大夫同知枢密院事奇仁杰。开城娶重大匡清城君谥平简讳公义之女韩氏，生一女，适春秋检阅元序；继室正顺大夫判典客寺事金昴之女，生二男一女：长曰蟠删，定都监判官，次曰衮，庆仙店录事，女幼。司仆生二男四女：长男曰纯义，奉善大夫军器少尹；次曰纯礼，中郎将；长女适通直郎起居郎知制教申浑，次适中正大夫亲御军大护军朴永忠，次适奉先大夫少尹黄侃，次适中郎将金锤。典农正生二男一女：长曰鹭，郎将；次曰亮，中郎将；女适通宪大夫判缮工寺事安翃。判典农生三男一女：长曰经，奉善大夫军器少尹；次纬，别将；次殊文，别将；女幼。典校生一男，幼。左尹生二男：长曰上佐，次曰广大，女皆幼。曾孙男女若干人。赵卫尉生二男二女：长曰从善，中郎将，次游善，权务，女皆幼。李顺兴生一男一女：男曰有喜，崇恩殿直，女皆幼。骊兴生二男二女：长男曰申，承奉郎供造署令；次曰密；长女适正顺大夫判卫尉寺事李承源，次适宣德郎通礼门祗候郭游礼。密直生二男二女：长曰崇义，次崇道，典客录事，女皆幼。少府生一男二女：男幼，长女适司宪持平金万具，次幼。奇开城生一男，曰慎。纯义生一女，幼。纯礼生一男曰滋，一女幼。申浑生一男二女：男曰浩，大殿指谕中郎将，长女适郎将黄允奇，次幼。大护军生三男三女，长曰龙寿，别将，余皆幼。黄少府生一男二女，男曰药奴，余皆幼。鹭生一男一女，男曰孝奴，女幼。亮生三男一女：长曰伯恭，次伯谦，余幼。铭曰：

天地储精，公乃挺生，奎壁耀芒，公乃发扬。名溢域中，身居海东。道德之首，文章之宗。北斗太山，昌黎之韩，光风霁月，春陵茂叔。四秉国钧，年逾八旬，麟凤其瑞，蓍龟其神，功在社稷，泽流生民。閟宫升配，哀荣无对。惟尔子孙，忠孝是遵，勿谓无知，公在九泉。

# 越 南 词

夏承焘　选校
胡树淼　注释

# 白毫子 十四首

白毫子，即阮绵审（1819—1870），字仲渊，号椒园。其眉间有白毫，因以自号。越南人，明命皇阮福胆第十子。九岁开始写诗。曾随绍治皇巡视北方。著有《北行诗集》、《仓山诗钞》，其词集名《鼓枻词》。

## 浣 溪 沙

### 春　晓

料峭东风晓幕寒，飞花和露滴栏杆，虾须不卷怯衣单①。小饮微醺还独卧，寻诗无计束吟鞍，画屏围枕看春山②。

**【注释】**

① 虾须：帘子。陆畅诗《帘》："劳将素手卷虾须，琼室流光更缀珠。"
② 春山：郭熙《山水训》：真山之烟岚，四时不同，春山澹冶而如笑。

## 清 平 乐

### 早　发

青鞵布袜①,不待平明发。未暖轻寒清欲绝,一路晓风残月。　　春山满眼峥嵘,马蹄乱践云行。拖醉高吟招隐②,流泉如和新声。

【注释】

① 鞵:鞋本字。　② 招隐:左思《招隐》诗:"杖策招隐士,荒涂横古今。岩穴无结构,丘中有鸣琴。"

## 摸 鱼 儿

### 得故人远信

草萋萋陌头三月,王孙行处遮断①。青山忆昨日登眺,时节未寒犹暖。风□晚,歌一曲、白云不度横峰半。兴长书短。已暮雨人归,东风花落,回首旧游远。　　经年别,何处更逢鱼雁?相思□□无限。朝来对客烹双鲤,摘取素书临看②。心转乱,谁料尚飘零琴剑江湖畔。天回地转。愿跨海营桥,划岩为陆,还我读书伴。

## 【注释】

① 行处遮断：谓王孙行迹，被天涯芳草遮没。 ② 朝来二句：古诗《饮马长城窟行》："客从远方来，遗我双鲤鱼。呼童烹鲤鱼，中有尺素书。"后人以"双鲤"代替书信。

## 法曲献仙音
### 听陈八姨弹南琴

露滴残荷，月明疏柳，乍咽寒蝉吟候。玳瑁帘深，琉璃屏掩，冰丝细弹轻透①。旧轸涩②，新弦劲，沉吟抹挑久③。　　泪沾袖，为前朝、内人遗谱④，沦落后、无那当筵佐酒⑤？老大更谁怜，况秋容、满目消瘦。三十年来，索知音、四海何有？想曲终漏尽，独抱爨桐低首⑥。

## 【注释】

① 冰丝：以冰蚕丝制成之琴弦。 ② 旧轸涩：指旧琴轴，不易滑动。李白诗："拂轸弄瑶琴。" ③ 抹挑：弹琴指法。抹，向外拨弦，后人称为弹；挑，是向里拨弦。 ④ 内人：宫内之人。 ⑤ 无那：同无奈。《存悔斋集

杜诗话》:"飞腾无那故人何。" ⑥ 爨桐:即焦尾琴。《后汉书·蔡邕传》:吴人有烧桐以爨者,蔡邕闻火烈之声,知其良材,因请裁为琴,果有美音,而其尾犹焦,时人名曰"焦尾琴"。

## 迈陂塘

### 晚 起

倚南窗、纸屏石枕,竹凉又是如许。梦魂化蝶无拘束①,随意探香花圃。帘影午,才一觉南柯,早已青山暮。绿苔庭户,恰萝径人归,柴门犬吠,栖鸟隔烟语。　　开新茗,待得樵青唤取。玉川七碗方住②。手中半卷残书在,兴到不寻章句。吟且去,待月上林梢,照遍前溪路。狎鸥盟鹭。有短桨扁舟,钓筒渔具,好向白沙浦。

【注释】

① 化蝶:参见前日本词日下部梦香《永遇乐》注①。　② 玉川七碗:唐代卢仝号玉川子。好饮茶,为茶歌,句多奇警。耶律楚材诗:"卢仝七碗诗难得。"

## 疏帘淡月

### 梅　花

朔风连夜，正酒醒三更，月斜半阁。何处寒香[1]，遥在水边篱落[2]。罗浮仙子相思甚[3]，起推窗、轻烟漠漠。经旬卧病，南枝开遍，春来不觉。　　谁漫把、几生相摧。也有个癯仙[4]，尊闲忘却。满瓮缥醪[5]，满拟对花斟酌。板桥直待骑驴去，扶醉诵南华烂嚼[6]。本来面目，君应知我，前身铁脚[7]。

## 【注释】

① 寒香：指梅花。　② 水边篱落：林逋《梅花》诗："雪后园林才半树，水边篱落忽横枝。"　③ 罗浮仙子：见前日本词野村篁园《东风第一枝》注④。　④ 癯仙：指梅花。　⑤ 缥醪：酒名。《魏书·崔浩传》：北魏太宗赐浩御缥醪酒十觚。　⑥ 南华：唐代天宝年间，尊庄子为南华真人。其书《庄子》又称《南华经》。烂嚼：谓烂嚼梅花。　⑦ 铁脚：《花史》：铁脚道人常嚼梅花满口，和雪咽之，曰："吾欲寒香沁入肺腑。"

## 剔银灯

### 灯

一点豆青灿灿[1]，只在案头长伴。雨阁开尊，秋窗读史，恰照修眉细眼。光明自满,谁计较、九枝千盏[②]。　　乐事人间无限,多少歌楼舞馆。寂寞今宵,殷勤片影,剩借祛愁大半。更阑漏断,笼得住、风来不管。

【注释】

①豆青:形容灯焰如豆。杨万里《秋夜》诗:"挑尽寒灯一点青,方知斜月半窗明。"　②九枝:灯名。李商隐诗:"如何一柱观,不碍九枝灯。"

## 摸 鱼 儿

### 送　　别

最伤心、骊歌才断[①],离肠怎地抽绪。莺花□底春多少,叵赖魂消南浦[②]。留不住,念五字河梁[③],此恨犹千古。临歧数语,嘱药裹曾携[④],朝餐须饱,总是别情苦。　　征车发,一片□红如雾。迢迢相望云树[⑤]。酒醒人远昏钟动,但见满天风雨。君且去,待修禊、流觞佳节还相遇[⑥]。石塘南路,曾撑出扁舟,沽来浊酒,认取我迎汝。

## 【注释】

① 骊歌：告别之歌。刘孝绰《陪徐仆射晚宴》："洛城虽半掩，爱客待骊歌。" ② 叵赖：无可耐。赖，耐。 ③ 五字河梁：李陵《与苏武》诗："携手上河梁，游子暮何之。"后通称送别之地曰河梁。 ④ 药裹：药，通约，缠裹也。潘岳《射雉赋》："首药绿素。"药裹，意谓行装。 ⑤ 云树：杜甫《春日忆李白》诗："渭北春天树，江东日暮云。" ⑥ 流觞：参见前日本词野村篁园《南浦》注④。

## 扬 州 慢

### 忆 高 周 臣

草阁微凉，笆篱落日，晚来斜凭栏杆。望平芜十里，尽处是林峦。忆相与、长亭把酒，秋风萧槭①，细雨栏珊。脱征鞭持赠，怕歌三叠阳关。　　流光荏苒，到如今、折柳堪攀。岂缨绂情疏②，江湖计得，投老垂竿③。纵有南归鸿雁，音书寄、天海漫漫。但停云凝思④，不禁楚水吴山。

## 【注释】

① 萧槭：萧瑟，杜甫诗："萧槭寒篝聚。" ② 缨绂：缨，冠系。《史记·滑稽列传》：淳于髡仰天大笑，冠缨索绝。绂，系印之丝带。《汉书·匈奴

传》:遂解故印绂奉上,将率受。"缨绂情疏",谓对仕途无兴趣。孟浩然诗:"愿言解缨绂,从此无烦恼。" ③投老:指人到老时。苏轼诗:"投老江湖终不失。" ④停云:陶渊明《停云》诗序:"停云,思亲友也。"

## 金人捧玉盘

### 游　　山

爱山幽、缘山人、到山深。无人处、历乱云林。禅宫樵径①,棕鞋桐帽独行吟②。东溪明月,恰离离相向招寻③。　辋川诗④,柴桑酒⑤,宣子杖⑥,戴公琴⑦。尽随我、此地登临。振衣千仞⑧,从须教烟雾荡胸襟。醉歌一曲,指青山做个知音。

【注释】

①禅宫:僧寺。樵径:李华《仙游寺》诗:"舍事入樵径,云木深谷口。" ②棕鞋桐帽:黄庭坚诗:"白头不是折腰具,桐帽棕鞋称老夫。"陆游诗:"平生一桐帽,自惜犯尘埃。" ③离离:繁盛貌。此处形容月光。 ④辋川诗:辋川,在今陕西省蓝田县西南终南山下。山麓有宋之问蓝田别墅,后归王维。王维有辋川诗。 ⑤柴桑酒:柴桑在今江西省九江市西南。晋陶渊明居此,有饮酒诗。 ⑥宣子杖:又叫钱挂杖。《晋书·阮修传》:修字宣子,性简任不修人事,意有所思,率尔褰裳,不避晨夕,常步行,以百

钱挂杖头,至酒店便独酣饮。虽当世富贵,而不肯顾。家无儋石之储,晏如也。 ⑦ 戴公琴:《晋书·戴逵传》:逵,字安道,谯国人,性高洁,善鼓琴,工书画。武陵王晞闻其善琴,遣人召之,逵对使者破琴,曰:"戴安道不为王门伶人。" ⑧ 振衣:《楚辞·渔父》:"新浴者必振衣。"左思《咏史》诗:"振衣千仞岗,濯足万里流。"

## 解 佩 令

题苇野南琴曲后,相传琴是前朝国叔遭谗罢政后所制,声甚哀,惟旧教坊陈大娘独得之。

孤桐三尺,哀丝五缕①,代当年、房相传幽愤②。恋国忧谗,把万斛伤心说尽。董庭兰愧他红粉③。 参横月落④,猿啼鹤怨,纵吴儿⑤、暂听谁忍?老我工愁,怎相看、文通题恨⑥。恐明朝,霜华添鬓⑦。

## 【注释】

① 哀丝:指琴弦。杜甫诗:"酒肉如山又一时,初弦哀丝动豪竹。" ② 房相:即房琯,字次律,河南人。少好学,风度沉整,曾任校书郎、县令、太守等职,后为宰相。因琴工董庭兰事,受到斥责,罢为太子少师。 ③ 董庭兰:又称董大,为唐代名琴师。深得唐肃宗时宰相房琯宠信,后借

势招纳货贿,为有司劾治。红粉:指陈大娘。　④参横:参,星座名,为二十八宿之一。　⑤吴儿:谓吴国少年。《晋书·夏统传》:贾充等称统曰"此吴儿是木人石心也"。　⑥文通题恨:南朝梁江淹字文通,少以文章著称,有《恨赋》、《别赋》。　⑦霜华:白发。

## 西 江 月

### 和栗圆韵柬和甫

冉冉樱桃风信①,蒙蒙芍药烟霏。美人别后梦依稀,试问相思还未?　抛掷花明酒酽②,伶俜燕语莺飞。兰缸石铫皂罗帏③,管领书香茶味。

【注释】

① 樱桃风信:《书肆说铃》:花信风自小寒起至谷雨,合八气,得四个月。每气管十五日,五日一候,计八气分得二十四候,每候以一花之风信应之。按樱桃风信列在立春第二候。　② 酒酽:指酒味浓厚。　③ 兰缸:缸同釭。谓用兰膏所燃之灯。颜真卿诗:"兰缸照客情。"铫:烹器,釜之小而有柄有流者。皂罗帏:黑色丝织之帐幕。

## 两 同 心

水精帘静①,云母窗深。璧月高、宵烟袅袅,银河转、漏鼓沉沉。春风里,花是双头②,人是同心。　　何须恨语相寻,戏语相侵。酒半杯、分从合卺,琴一曲、弹向知音。休猜着,旧日情怀,个个如今。

【注释】

①水精:即水晶。杜甫《丽人行》诗:"水精之盘行素鳞。"　②双头:即并蒂花。

## 小 桃 红
### 烛泪甫堂索赋

不管兰心破①,不惜荷盘涴②。寂寞更长,替人垂泪,潜然如泻。想前身合是破肠花,酿多情来也。　　缕缕愁烟锁,滴滴明珠堕。凭吊当年,寇公筵上③,石家厨下④。纵君倾东海亦应干,奈孤檠永夜⑤。

**【注释】**

①兰心：蜡烛心。　②荷盘浼：荷盘，谓烛盘，状如荷叶。浼，谓烛泪沾浼。　③寇公：即寇准。《宋史》本传云：准少年富贵，性豪侈，喜剧饮，每宴宾客，多阖扉脱骖，家未尝爇油灯。虽庖匽所在，必然炬烛。④石家厨下：西晋豪富石崇生活侈奢，他家厨下以蜡代薪。　⑤檠：灯架。韩愈《短灯檠歌》："长檠八尺空自长，短檠二尺便且光。"


**附：跋**

　　右《鼓枻词》一卷，越南白毫子著也。白毫子为越南王宗室，袭封从国公，名绵审，字仲渊，号椒园，眉间有白毫，因以自号。又著有《仓山诗钞》四卷，仓山其别业也。清咸丰四年三月，越南贡使晋京，道过粤中，携有《仓山诗钞》及此词。时予舅祖善化梁萃畚先生适在粤督幕府，见而悦之。手抄全册存箧中，归即以赠先父敬镛公，以先父为其及门得意弟子也。予久欲为刊行未果。今幸沪上《词学季刊》社搜采名家著述，公布于世，乃录副奉寄，藉彰幽隐。

　　中华民国二十三年惊蛰日，攸县余德源陆亭跋，时年七十。

# 附录　李珣词

夏承焘　选校
胡树淼　注释

# 李珣  五十四首

李珣（约 855—930 年），字德润。其先人李苏沙，是波斯（即今伊朗）商人，曾献沉香亭材料给唐敬宗。《世界通史》535 页谓：唐末词人李珣"土生波斯"。珣虽"土生波斯"，但旅居在中国西南梓州（即今四川省三台县附近）多年，勤奋学习中国文化，"所吟诗句，往往动人"。五代前蜀王衍时，曾以秀才预宾贡，妹舜弦为王衍昭仪。他兼通医理，又卖香药，不脱波斯人本色。故将其词稿作为附录，以供参考。其著作有：《琼瑶集》，已佚；《海药本草》，为宋唐慎微《证类本草》、明李时珍《本草纲目》所引用。李珣词尚存五十四首，风格朴素，多写南海风光，具有浓烈的江南水乡气息和民间特色。

## 渔　父①

水接衡门十里余②，信船归去卧看书③。轻爵禄，慕玄虚④，莫道渔人只为鱼。

【注释】

①渔父：词牌名。唐代教坊曲名，也叫《渔歌子》。　②衡门：横木为门。

指简陋房屋。 ③信船:任凭船在水上自由漂泊。 ④玄虚:指玄理。《晋书·王衍传》谓:衍尚清谈,口不论世事,唯雅咏玄虚而已。

## 前　调

避世垂纶不记年,官高争得似君闲。倾白酒,对青山,笑指柴门待月还。

## 前　调

棹警鸥飞水溅袍,影随潭面柳垂绦。终日醉,绝尘劳,曾见钱塘八月涛。

## 南　乡　子

烟漠漠,雨凄凄,岸花零落鹧鸪啼。远客扁舟临野渡①,思乡处,潮退水平春色暮。

【注释】

①扁舟：小舟。《史记·货殖列传》：范蠡既雪会稽之耻，乃乘扁舟，浮于江湖。

# 前　　调

兰桡举，水纹开，竞携藤笼采莲来。回塘深处遥相见①，邀同宴，渌酒一卮红上面②。

【注释】

①回塘：指纡曲的水塘。　②渌酒："渌"通"漉"。酒酿通过阻隔物，酒液徐徐下渗，故曰渌酒。

# 前　　调

归路近，扣舷歌，采真珠处水风多。曲岸小桥山月过，烟深锁，豆蔻花垂千万朵①。

**【注释】**

① 豆蔻：草豆蔻花成穗时，被嫩叶卷护。叶渐展花渐出，色亦渐淡。南人取其未大开者，谓之含胎花，以喻处女。杜牧《赠别》诗："婷婷袅袅十三余，豆蔻梢头二月初。"

## 前　　调

乘彩舫，过莲塘，棹歌惊起睡鸳鸯①。带香游女偎伴笑，争窈窕，竞折团荷遮晚照②。

**【注释】**

① 棹歌：引棹而歌。刘彻《秋风辞》："箫鼓鸣兮发棹歌。"　② 团荷：荷叶。遮晚照：含有害羞情状。

## 前　　调

倾绿蚁①，泛红螺②，闲邀女伴簇笙歌。避暑信船轻浪里，闲游戏，夹岸荔枝红蘸水。

**【注释】**

① 绿蚁:绿蚁是酒上面浮着的绿色泡沫。此指酒。　② 红螺:指酒器。古代常用海螺作酒器。


## 前　　调

云带雨,浪迎风,钓翁回棹碧湾中②。春酒香熟鲈鱼美②,谁同醉,缆却扁舟篷底睡。

**【注释】**

① 回棹:即回船。此指船。　② 春酒:酒名。《诗·七月》:"为此春酒,以介眉寿。"张衡《东京赋》李善注:春酒,谓春时作至冬始熟也。


## 前　　调

沙月静①,水烟轻,芰荷香里夜船行②。绿鬓红脸谁家女,遥相顾,缓唱棹歌极浦去③。

【注释】

①沙月:月亮照在沙滩上。李白《古风》诗:"寄影宿沙月。" ②芰荷:出水的荷。指荷叶或荷花。《楚辞·招魂》:"芙蓉始发,杂芰荷些。" ③极浦:极远的水滨。


## 前　　调

渔市散,渡船稀,越南云树望中微①。行客待潮天欲暮,送春浦,愁听猩猩啼瘴雨②。

【注释】

①越南:李珣经商,其行迹尝近越南。云树:形容树木茂密如云。②猩猩啼瘴雨:左思《蜀都赋》:"猩猩夜啼。"刘逵注:猩猩生交趾封溪,似猿,人面,能言语,夜闻其声如小儿啼。李白《远别离》诗:"猩猩啼烟兮鬼啸雨。"亚热带地区,常有瘴气。杜甫《梦李白》诗:"江南瘴疠地。"


## 前　　调

拢云髻,背犀梳,焦红衫映绿罗裙。越王台下春风暖①,花盈岸,游赏每邀邻女伴。

**【注释】**

①越王台:在广东省广州市北越秀山上。汉时南越王尉佗筑。

## 前　　调

相见处,晚晴天,刺桐花下越台前①。暗里回眸深属意,遗双翠②,骑象背人先过水。

**【注释】**

①越台:即越王台,见前注。　②遗双翠:丢下一双翠羽。翠羽,乃女子首饰。

## 前　　调

携笼去,采菱归,碧波风起雨霏霏。趁岸小船齐棹急,罗衣湿,出向桄榔树下立①。

【注释】

① 桄榔：《述异记》卷下：西蜀石门山，有树名曰桄榔，皮里出屑如面。用作饼食之，与面相似。因谓之桄榔面焉。扬雄赋："面有桄榔。"


## 前　　调

云鬟重，葛衣轻，见人微笑亦多情。拾翠采珠能几许[①]？来还去，争及村居织机女。

【注释】

① 拾翠：杜甫《秋兴》诗："佳人拾翠春相问，仙侣同舟晚更移。"


## 前　　调

登画舸，泛清波，采莲时唱采莲歌。兰棹声齐罗袖敛，池光飐[①]，惊起沙鸥八九点。

【注释】

① 池光飐：柳宗元诗："惊风乱飐芙蓉水。"凡物受风吹动者，皆谓之飐。

## 前　　调

双髻坠①，小眉弯，笑随女伴下春山。玉纤遥指花深处②，争回顾，孔雀双双迎日舞。

【注释】

① 双髻：女人发式。陆游诗："江头女儿双髻丫，常随阿母供桑麻。"② 玉纤：女子手指。古诗《青青河畔草》："纤纤出素手。"玉，形容洁白；纤，形容其柔细。

## 前　　调

红豆蔻，紫玫瑰，谢娘家接越王台①。一曲乡歌齐抚掌，堪游赏，酒酌螺杯流水上。

【注释】

①谢娘:白居易诗:"青娥小谢娘,白发老崔郎。"

## 前　　调

山果熟,水花香①,家家风景有池塘。木兰舟上珠帘卷②,歌声远,椰子酒倾鹦鹉盏③。

【注释】

①水花:荷花。　②木兰舟:《述异记》卷下:木兰川在浔阳江中,多木兰树,鲁班刻为舟。柳宗元《酬曹侍御过象县见寄》诗:"破额山前碧玉流,骚人遥驻木兰舟。"　③鹦鹉盏:酒器。鹦鹉螺可作酒杯。吴均《赠别新林》诗:"去去归去来,还倾鹦鹉杯。"

## 前　　调

新月上,远烟开,惯随潮水采珠来。棹穿花过归溪口,酤春酒,小艇缆牵垂岸柳。

## 西 溪 子

金缕翠钿浮动,妆罢小窗圆梦。日高时,春已老,人来到,满地落花慵扫。离思正难缄①,燕喃喃。

【注释】

① 难缄:难于缄寄。

【校勘】

末二句,《花间集》作"无语倚屏风,泣残红"。今从朱本《尊前集》。

## 前 调

马上见时如梦,认得脸波相送。柳堤长,无限意,夕阳里,醉把金鞭欲坠。归去想娇娆①,暗魂销。

【注释】

① 娇娆：指美女容态。郑畋诗："西域要绰约，南岳命娇娆。"

## 女 冠 子

星高月午①，丹桂青松深处。醮坛开②，金磬敲清露，珠幢立翠苔。　步虚声缥缈③，想像思徘徊。晓天归去路，指蓬莱。

【注释】

① 月午：日中曰午。月午，指午夜。　② 醮坛：僧道设坛祭神祈祷之地。陆龟蒙诗："真仙若降如相问，曾步星罡绕醮坛。"　③ 步虚声：道家有步虚词。唐许浑诗："天风吹下步虚声。"

## 前 调

春山夜静，愁闻洞天疏磬①。玉堂虚，细雾垂珠佩，轻烟曳翠裾②。　对花情脉脉，望月步徐徐。刘阮今何处③？绝来书。

**【注释】**

① 洞天：道教称神仙所居洞府曰洞天。李白《梦游天姥吟留别》诗："洞天石扉，訇然中开。"疏磬：磬声清疏。　② 曳翠裾句：谓轻烟似曳绿裙。　③ 刘阮：传说刘晨与阮肇二人入天台山（今浙江省天台县）采药，遇二仙女。此二句谓女子想念情人。

## 酒　泉　子

寂寞青楼①，风触绣帘珠翠撼。月朦胧，花暗澹，锁春愁。

寻思往事依稀梦，泪脸露桃红色重。鬓欹蝉②，钗坠凤③，思悠悠。

**【注释】**

① 青楼：曹植《美女篇》诗："青楼临大路，高门结重关。"指富贵之家。梁刘邈《万山见采桑人》诗："倡女不胜愁，结束下青楼。"始指妓馆。　② 鬓欹蝉：《古今注》卷下：魏文帝宫人莫琼树制蝉鬓，缥缈如蝉翼。　③ 钗坠凤：《中华古今注》卷中：钗子，盖古笄之遗象也。秦始皇以金银作凤头，以玳瑁为脚，号曰凤钗。坠，坠落。

## 前　　调

雨渍花零，红散香凋池两岸。别情遥，春歌断，掩银屏。孤帆早晚离三楚①，闲理钿筝愁几许②。曲中情，弦上语，不堪听。

【注释】

①三楚：《汉书·高帝纪》：项羽自立为西楚霸王。孟康注谓旧名江陵为南楚，吴为东楚，彭城为西楚。　②钿筝：筝，乐器名。《六书故》：金华为饰，田田然，故曰钿。按以金华镶嵌筝上，故称钿筝。

## 前　　调

秋雨连绵，声散败荷丛里。那堪深夜枕前听，酒初醒。牵愁惹思更无停，烛暗香凝天欲曙。细和烟，冷和雨，透帘旌①。

【注释】

①帘旌：帘子。陆游诗："尚余红湿在帘旌。"

# 前　　调

秋月婵娟，皎洁碧纱窗外，照花穿竹冷沉沉，印池心。
凝露滴，砌蛩吟①。惊觉谢娘残梦，夜深斜傍枕前来，影徘徊。

【注释】

① 蛩：蟋蟀。

# 浣　溪　沙

入夏偏宜澹薄妆，越罗衣褪郁金黄①，翠钿檀注助容光②。
相见无言还有恨，几回判却又思量③。月窗香径梦悠扬④。

【注释】

① 郁金黄：郁金，香草名，花黄色，俗称郁金香。梁武帝《河中之水歌》："卢家兰室桂为梁，中有郁金苏合香。"　② 檀注：韩偓诗："嗅花判不得，檀注惹芳尘。"檀呈浅绛色，故称女人绛红嘴唇曰檀口。檀注，谓女人嘴唇点上香脂。　③ 判却句：谓几次分离以后却又思念。判，分离。　④ 梦悠扬：王安石诗："窥人鸟唤悠扬梦。"

## 前　　调

晚出闲庭看海棠，风流学得内家妆①，小钗横戴十枝芳。镂玉梳斜云鬓腻，缕金衣透雪肌香②。暗思何事立残阳。

【注释】

① 内家妆：宫人妆束。李贺《酬答》诗："行处春风随马尾，柳花偏打内家香。"　② 雪肌：肌肤洁白如雪。韦庄《菩萨蛮》词："皓腕凝双雪。"

## 前　　调

访旧伤离欲断魂，无因重见玉楼人①，六街微雨镂香尘②。早为不逢巫峡梦③，那堪虚度锦江春④。遇花倾酒莫辞频。

【注释】

① 玉楼：《十洲记》：昆仑山之一角，有金台五所、玉楼十二所。按此

处指美人所住之楼。　②六街：唐代长安城中有六街。《资治通鉴》唐睿宗景云元年：中书舍人韦元徼巡六街。胡三省注：长安城中，左右六街。按后作都城闹市之通称。镂香尘：《拾遗记》：石季伦屑沉水之香如尘末，布象床上，使所爱者践之，无迹者赐以真珠。镂，雕刻。　③巫峡梦：李白《清平调》："云雨巫山枉断肠。"又见下《巫山一段云》（有客经巫峡）注②。　④锦江：在四川省成都市附近。杜甫《登楼》诗："锦江春色来天地，玉垒浮云变古今。"


## 前　　调

红藕花香到槛频，可堪闲忆似花人。旧欢如梦绝音尘①。翠叠画屏山隐隐，冷铺纹簟水潾潾②。断魂何处一蝉新。

【注释】

①音尘：消息。　②纹簟：带有花纹之席子。


## 巫山一段云

有客经巫峡，停桡向水湄①。楚王曾此梦瑶姬②，一梦杳无期。　　尘暗珠帘卷,香销翠幄垂。西风回首不胜悲,暮雨洒空祠③。

【注释】

　　① 水湄:水岸。《诗·蒹葭》:"在水之湄。"　② 楚王曾此梦瑶姬句:宋玉《高唐赋》:楚怀王游于高唐,曾梦见一神女,自称巫山之女,来与楚王幽会,临去致辞:"妾在巫山之阳,高丘之阻。旦为行云,暮为行雨,朝朝暮暮,阳台之下。"　③ 空祠:神女已杳,惟留空祠。

## 前　　调

　　古庙依青嶂①,行宫枕碧流②。水声山色锁妆楼,往事思悠悠。　　云雨朝还暮,烟花春复秋。啼猿何必近孤舟,行客自多愁。

【注释】

　　① 嶂:山峰像屏障者。范仲淹《渔家傲》词:"千嶂里,长烟落日孤城闭。"　② 行宫:左思赋:"乌闻梁岷有陟方之馆,行宫之基欤?"天子行在所,名曰行宫。按此指蜀先主刘备白帝城(今四川省奉节县)之永安宫。

## 菩 萨 蛮

回塘风起波纹细,刺桐花里门斜闭。残日照平芜①,双双飞鹧鸪。　　征帆何处客,相见还相隔。不语欲魂销,望中烟水遥。

【注释】

① 平芜:言平原上杂草丛生。

## 前　　调

等闲将度三春景,帘垂碧砌参差影。曲槛日初斜,杜鹃啼落花。　　恨君容易处,又话潇湘去。凝思倚屏山①,泪流红脸斑②。

【注释】

① 屏山:指画有山水之屏风。　② 红脸:李嘉祐《芙蓉》诗:"平明露滴垂红脸。"

## 前　　调

隔帘微雨双飞燕，砌花零落红深浅。捻得宝筝调①，心随征棹遥。　　楚天云外路，动便经年去。香断画屏深，旧欢何处寻？

【注释】

① 宝筝调：指宝筝所弹之曲调。

## 渔　歌　子

楚山青，湘水渌，春风澹荡看不足。草芊芊，花簇簇，渔艇棹歌相续。　　信浮沉①，无管束，钓回乘月归湾曲。酒盈尊，云满屋，不见人间荣辱。

【注释】

① 信浮沉：任其浮沉。《史记·袁盎传》：袁盎病免居家，与闾里浮沉，相随行，斗鸡走狗。

## 前　　调

荻花秋，潇湘夜，桔洲佳景如屏画。碧烟中，明月下，小艇垂纶初罢。　　水为乡，篷作舍，鱼羹稻饭常餐也。酒盈杯，书满架，名利不将心挂。

## 前　　调

柳垂丝，花满树，莺啼楚岸春天暮①。棹轻舟，出深浦，缓唱渔郎归去。　　罢垂纶，还酌醑②，孤村遥指云遮处。下长汀，临深渡，惊起一行沙鹭。

【注释】

①楚岸：楚江之岸。长江濡须口以上至西陵峡，古称楚江。　②酌醑：苏辙《屈原庙赋》："宛有庙兮江之浦，予来斯兮酌之醑。"醑，美酒。庾信赋："中山醑清。"

## 前　　调

　　九嶷山，三湘水①，芦花时节秋风起。水云间，山月里，棹月穿云游戏。　　鼓清琴②，倾渌蚁，扁舟自得逍遥志。任东西，无定止，不议人间醒醉③。

【注释】

　　① 三湘：《湖南通志》以潇湘、资湘、沅湘为三湘。又：湘水与漓水合流后称漓湘，中游与潇水合流后称潇湘，下游与蒸水合流后称蒸湘，合称三湘。　② 清琴：陶潜《时运》诗："清琴横床，浊酒半壶。"　③ 议人间醒醉：《楚辞·渔父》："屈原曰：'举世皆浊我独清，众人皆醉我独醒。是以见放。'渔父曰：'……世人皆浊，何不淈其泥而扬其波？众人皆醉，何不餔其糟而歠其醨。'"

## 望　远　行

　　春日迟迟思寂寥，行客关山路遥。琼窗时听语莺娇，柳丝牵恨一条条。　　休晕绣①，罢吹箫，貌逐残花暗凋。同心犹结旧裙腰②，忍辜风月度良宵③。

## 【注释】

①休晕绣:晕绣,谓刺绣多劳倦。休,谓罢绣休息。 ②同心犹结旧裙腰:《隋书·后妃传》:杨广遣使者赍金合子,帖纸于际,亲署封字,以赐夫人。合中有同心结数枚。梁武帝《有所思》诗:"腰间双绮带,梦为同心结。" ③忍辜:辜通孤。忍,那忍。辜,辜负。

## 前　　调

露滴幽庭落叶时,愁聚萧娘柳眉①。玉郎一去负佳期②,水云迢递雁书迟③。　屏半掩,枕斜欹,蜡泪无言对垂④。吟蛩断续漏频移,入窗明月鉴空帏。

## 【注释】

①萧娘:唐代女子泛称为萧娘。白居易诗:"风朝舞飞燕,雨夜泣萧娘。" ②玉郎:《太平御览》引《金根经》曰:青宫之内,北殿上有仙格,格上有学仙簿,金简玉札,有十万篇,领仙玉郎之典也。按后为妇女对情人之爱称。李峤诗:"门外柳花飞,玉郎犹未归。" ③迢递:遥远貌。雁书:《汉书·苏武传》载:苏武使匈奴,被留。汉求武等,匈奴诡言武死。汉使谓单于,言天子射上林中,得雁,足有系帛书,言武等在某泽中。单于惊谢汉使。后人言书信,多用此故事。王僧孺《捣衣》诗:"尺素在鱼肠,

寸心凭雁足。" ④蜡泪：烛燃蜡热，旁溢如泪痕。李贺《恼公》诗："蜡泪垂兰烬。"

## 河　传

去去，何处，迢迢巴楚①。山水相连，朝云暮雨。依旧十二峰前②，猿声到客船。　　愁肠岂异丁香结③，因离别，故国音书绝，想佳人花下，对明月春风，恨应同。

【注释】

①迢迢：遥远。《古诗十九首》："迢迢牵牛星。"巴楚：指四川、湖北交界一带地方。　②十二峰：此指巫山十二峰。据《方舆胜览》载：十二峰为望霞、翠屏、朝云、松峦、集仙、聚鹤、净坛、上升、起云、飞凤、登龙、圣泉诸峰。　③丁香结：本指丁香的花蕾紧结在一起未开，此指衣带之结似丁香。

## 前　调

春暮，微雨。送君南浦①。愁敛双蛾，落花深处，啼鸟似逐离歌。粉檀珠泪和。　　临流更把同心结,情哽咽。后会何时节?不堪回首相望,已隔汀洲,橹声幽。

【注释】

①南浦:水名。在今湖北武昌南三里。《寰宇记》:其源出景首山西,入口在郭之南,故名。参见前日本词野村篁园《南浦》注⑤。

## 临　江　仙

帘卷池心小阁虚,暂凉闲步徐徐。芰荷经雨半凋疏,拂堤垂柳,蝉噪夕阳余①。　　不语低鬟幽思远②,玉钗斜坠双鱼③。几回偷看寄来书,离情别恨,相隔欲何如?

【注释】

①夕阳余:谓夕阳剩有余辉之时。　②鬟:环发为饰。杜甫《月夜》诗:"香雾云鬟湿。"　③玉钗:《洞冥记》:元鼎元年,起招仙阁,有神女留一玉钗,帝以赐赵婕妤。曹邺代班姬诗:"稍嫌鬓蝉重,乞人白玉钗。"双鱼:即双鲤。参见前越南词白毫子《摸鱼儿》(草萋萋)注②。此二句描写女子低头思念远人,致使玉钗斜坠在远人寄来之书札上。双鱼,或是玉钗上装饰物。

## 前　　调

　　莺报帘前暖日红，玉炉残麝犹浓。起来闺思尚疏慵，引愁春梦，谁解此情悰①？　　强整娇姿临宝镜②，小池一朵芙蓉③。旧欢无处再寻踪，更堪回顾，屏画九疑峰。

**【注释】**

　　①情悰：犹言情思。　②宝镜：《龙城录》：任仲宣蓄一宝镜，文皆篆籀，惟八字可识，云"水银飞精，百炼成镜"。孟浩然诗："青楼晓日朱帘映，红粉春妆宝镜催。"　③小池一朵芙蓉句：此句谓镜中人面，美如芙蓉。

## 虞　美　人

　　金笼莺报天将曙，惊起分飞处。夜来潜与玉郎期，多情不觉酒醒迟，失归期。　　映花避月遥相送，腻髻偏垂凤①。却回娇步入香闺，倚屏无语捻云篦②，翠眉低。

【注释】

①垂凤：谓凤钗低垂。《炙毂子》：汉武帝时，诸仙女从王母下降，皆贯凤首钗，孔雀搔头。　②篦：栉发用具。疏者曰梳，密者曰篦。


## 定　风　波

志在烟霞慕隐沦①，功成归看五湖春②。一叶舟中吟复醉，云水。此时方认自由身。　　花岛为邻鸥作侣，深处。经年不见市朝人。已得希夷微妙旨③，潜喜。荷衣蕙带绝纤尘④。


【注释】

①烟霞：沈约《桐柏山金庭馆碑》："吐吸烟霞，变炼丹液。"陆游诗："烟霞华岳逃名客，风雪庐山入定僧。"隐沦：《桓子新论》云：天下神人五：一曰神仙，二曰隐沦……。郭璞《江赋》："纳隐沦之列真。"　②五湖春：刘长卿《饯别王十一南游》诗："长江一帆远，落日五湖春。"参见前朝鲜词李齐贤《沁园春》注③。　③希夷：《老子》：视之不见名曰希，听之不闻名曰夷，河上公注：无色曰希，无声曰夷。《宋史·陈抟传》载：陈抟隐华山，宋太宗赐号希夷先生。　④荷衣蕙带：《九歌·少司命》："荷衣兮蕙带，候而来兮忽而逝。"

## 前　　调

　　十载逍遥物外居，白云流水似相于[①]。乘兴有时携短棹，江岛[②]。谁知求道不求鱼。　　到处等闲邀鹤伴，春岸。野花香气扑琴书。更饮一杯红霞酒[③]，回首。半钩新月贴清虚[④]。

【注释】

　　① 相于：相依以居。于，居。　② 江岛：积石临江，故曰江岛。李白《慈姥竹》诗："野竹攒石生，含烟映江岛。"　③ 红霞酒：指红色美酒。古称美酒为流霞。《抱朴子》谓项曼都言：仙人以流霞一杯，与我饮之，辄不饥渴。故拟之以为名耳。陆游《游仙》诗："为怜未惯层霄冷，独赐流霞九酝觞。"　④ 清虚：指太空，太清。《抱朴子》：上升四十里，名曰太清。太清之中，其气甚刚。李白《庐山谣寄卢侍御虚舟》诗："愿接卢敖游太清。"

## 前　　调

　　又见辞巢燕子归，阮郎何事绝音徽[①]？帘外西风黄叶落，池阁。隐莎蛰叫雨霏霏[②]。　　愁坐算程千万里，频跂[②]。等闲经岁两相违。听鹊凭龟无定处[④]，不知。泪痕流在画罗衣。

## 【注释】

①音徽：此谓消息、音信。陆机《拟行行重行行》诗："音徽日夜离。"韦应物诗："官闲得去住，告别恋音徽。" ②隐莎蛩叫：谓蟋蟀隐在草中鸣叫。莎，草。 ③频跂：谓为盼望旅人早归，频频举踵。《诗·河广》："跂予望之。"跂，举踵。 ④听鹊：谓听鹊叫，来占卜吉凶。凭龟：古人占卜时，在龟甲上钻洞，用火灼烧，根据龟甲被烧裂纹判断吉凶。

## 前　　调

雁过秋空夜未央①，隔窗烟月锁莲塘。往事岂堪容易想，惆怅。故人迢递在潇湘。　　纵有回文重叠意，谁寄？解鬟临镜泣残妆。沉水香消金鸭冷②，愁永。候虫声接杵声长③。

## 【注释】

①夜未央：《诗·小雅·庭燎》："夜如何其？夜未央。"央，尽也；未央，即未尽。 ②金鸭：金制香炉，形似鸭。 ③候虫：谓蟋蟀、蝼蛄等昆虫。柳宗元诗："门掩候虫秋。"杵：捣衣木槌。陆游诗："衣杵凄凉带月闻。"

## 前 调

　　帘外烟和月满庭,此时闲坐若为情?小阁拥炉残酒醒,愁听。寒风落叶一声声。　　惟恨玉人芳信阻,云雨。屏帷寂寞梦难成。斗转更阑心杳杳①,将晓。银釭斜照绮琴横②。

【注释】

　　① 斗转:斗,星名。分北斗与南斗。北斗由七星组成,南斗由六星组成。斗转,表示夜深。更阑:夜深。　② 银釭:银灯。晏几道《鹧鸪天》词:"今宵剩把银釭照,犹恐相逢是梦中。"绮琴:汉司马相如有琴名"绿绮"。李白《游泰山》诗:"独抱绿绮琴。"

## 中 兴 乐

　　后庭寂寞日初长,翩翩蝶舞红芳。绣帘垂地,金鸭无香。谁知春思如狂,忆萧郎①。等闲一去,程遥信断,五岭三湘②。　　休开鸾镜学宫妆③,可能更理笙簧。倚屏凝睇,泪落成行。手寻裙带鸳鸯,暗思量。忍孤前约④,教人花貌,虚老风光。

## 【注释】

① 萧郎:《全唐诗话》:崔郊有婢鬻于连帅。郊有诗曰;"侯门一入深如海,从此萧郎是路人。"连帅睹诗,命婢同归。 ② 五岭:指越城、都庞、萌渚、骑田、大庾五岭。在湘、赣、粤、桂等省区之边境。 ③ 鸾镜:《异苑》:罽宾王一鸾三年不鸣,夫人曰:"闻见影则鸣,悬镜照之。"鸾睹影悲鸣,中宵一奋而绝。白居易《太行路》诗:"何况如今鸾镜中,妾颜未改君心改。"宫妆:宫人之妆束。郑嵎《津阳门》诗:"宫妆襟袖皆仙姿。" ④ 孤:孤负。李陵《重报苏武书》:"孤负陵心。"后人作辜负。

# 后　　记

　　数十年来，予搜求海外作家词若干首，藏之行箧间。经历沧桑，幸未坠失。近年检得此稿，以为稍加理董诠释，交付剞劂，将有助于中外文化交流。爰嘱张珍怀同志注释日本词，胡树淼同志注释朝鲜、越南词及李珣词。而李珣既"土生波斯"，又尝以秀才预前蜀主王衍宾贡（妹舜铉为王衍昭仪），故将其词作为附录。在本书编注过程中，得到钱仲联先生以及陈翔华、吴无闻诸同志的帮助，后又承彭黎明、韩成武同志协助校阅，并此致谢。

夏承焘八十一岁记于北京天风阁

# 《域外词选》浅谈

陶 然

隋唐以来，燕乐盛行，声诗与曲子词成为唐代遍及天下的音乐文艺形式。这种盛况和文人填词的热情互相激发，遂促成了从中晚唐开始的词的繁荣时代。作为一种特殊的音乐文艺，词沟通了以文人士大夫为代表的精英文化群体和以市井民众为代表的流行文化群体，涵盖了宫廷教坊和青楼北里，活跃于酒楼歌肆和瓦舍勾栏，传唱在山程水驿和闺阁孤馆，成了唐宋文化的重要组成部分。同时，词也是唐宋时文化输出的主要内容。东亚大陆的中原王朝与日本列岛、朝鲜半岛、中南半岛的密切文化交流和汉字文化圈的影响，使得词也和中国传统的诗文经史一样，远播至域外。词在这些域外邻邦的流衍，促使其文人仿效操觚，留下了数量颇丰、成就不低的域外词。

域外词史的开端几乎与中国词同样久远。号称"唐词之宗主"的张志和《渔歌子》约作于唐代宗大历九年至十二年间（774—777 年），而仅仅不到 50 年之后，日本平安时代的嵯峨天皇在弘仁十四年（823年）即写下了唱和张志和的《渔歌子》词5首，同时之有智子内亲王、滋野贞主奉和亦作有《渔歌子》7首，后收入滋野贞主所编《经国集》中。日本兼明亲王（914—987年）作《忆龟山》2阕，效白居易《忆江南》，其距离白居易的时代也不过数十年。这都说明中国的文人词在兴盛之初，很快就能渡海而东传，并引发域外词人的模仿，这种交流的速度，以"桴鼓相应"来形容是毫不夸张的。又北宋雍熙三年（986年），匡越禅师吴真流写出了第一首越南词作《王郎归》。其后的日本五山时代（1192—1602年），日本词进入了沉寂期，越南词坛也长期静默无声。然而在朝鲜半岛上的高丽国却开始接受宋词的影响，由此开启了高丽朝鲜词的兴盛时代，域外词的重心也由日本列岛转移至朝鲜半岛了。《高丽史》卷10《宣宗世家》载宣宗六年（1089年），高丽宣宗王运制《贺圣朝》词（实为《添声杨柳枝》）。此为现存所见高丽填词之始。宋徽宗政和三年（1113年）颁大晟乐，三年之后即赐大晟乐与高丽，还专门派遣乐工歌伎带上新乐器和新乐谱赴高丽教习传授音乐。《高丽史》的《乐志》中所记录的数十阕词，其中就有许多传播至高丽的柳永、欧阳修、苏轼等著名中国词人的作品。正是这样频繁而深入的音乐文艺交流，使得高丽后期出现了填词的繁盛局面。尤其是至元朝与高丽国的宗藩关系正式确立后，大批高丽文人赴中原游历甚至应举，浸淫于中国文化的熏陶中，其所接触的又往往是中原第一流的文坛巨匠，遂能涵养出李齐贤这样号称

"东方一人"的伟大词人。高丽之后的朝鲜时代,与中原王朝的关系更为紧密,许筠、金烋、曹友仁、赵冕镐等文人登上词坛,或清朗超迈,或绮丽柔媚,均显现出中国词对朝鲜词的巨大影响力。清王朝建立后,朝鲜虽仍居藩属国的地位,但在文化层面却长期对满清有拒斥感,同时韩字创制后,用韩字吟咏的时调歌辞渐趋流行,这使得朝鲜词的发展渐趋衰落。然而此时正值日本的江户时代,日本词却呈现出复兴的趋势,域外词的重心又回到了日本。从林罗山家族到德川光国、从关西的田能村竹田到关东的野村篁园、日下部梦香,他们笔下的词,在词调的丰富性、分韵咏物的熟练度、唱和雅集的频繁以及词作艺术水准的提高等方面,均有长足进步。至日本明治时代,森槐南、高野竹隐和森川竹磎等大词人的出现,更将日本词推进至空前的高度。其中如森槐南在其父森鲁直的影响下,词尤杰出,被黄遵宪称为"首屈一指"的"东京才子"。而到19世纪越南词坛上也出现了阮绵审、黎碧梧、陶梦梅等代表了越南词繁荣的大词人,阮绵审即白毫子,他的《鼓枻集》几乎就占据了越南词的半壁江山。

夏承焘先生的《域外词选》是最早的一部以上述域外词为编选对象的词选。夏先生在《前言》中对于该选本的编选缘起和意图有明确说明:"予往年泛览词籍,见自唐、五代以来,词之流传,广及海外,如东邻日本、北邻朝鲜、南邻越南各邦的文人学士,他们克服文字隔阂的困难,奋笔填词,斐然成章,不禁为之欢欣鼓舞。爰于披阅之际,选其尤精者,共得一百余首,名之曰《域外词选》,目的在于促进中外文化交流。"这部词选分四个部分,分别选录了日本词8家74首、朝鲜词1家53首、越南词1家14首以及作为附录的李珣(世居中国的波斯人后裔)词54首,夏先生在《前言》中还移录了其自作的7首论域外词人的论词绝句,以见品评之意。其中日本词部分由张珍怀注释,朝鲜、越南词及李珣词部分由胡树淼注释。自该书初版近四十年来,产生了很大的影响,其学术价值和学术史意义早有定论。今日视之仍然堪称经典之选。对普通读者而言,书中选录之精当、注释之明了恰切,令人披阅之际,既富趣味,又可增强鉴赏能力。而对于专业研究而言,这部词选在学术上的启示意义是尤为巨大的。

清人词话中,已有部分关于朝鲜词人的记载与评述,20世纪初朱孝臧《彊村丛书》中就收录了高丽李齐贤的《益斋长短句》,这是高丽词集在中国成规模地传播之始,使得中国的词学研究者开始对高丽词人有所了解。但直至80年代夏先生的这部《域外词选》问世,才标志着治词学者开始正式注意域外词这一研究领域,从而在传统词学研究疆域之外开辟了新的天地,甚至域外词这一概念亦可谓启始于此书。现在的研究者所能掌握的文献当然远远多于当年,如高丽朝鲜词目前已知的就有一两千阕,除李齐贤之外的优秀词人也颇为不少,越南词的存世数量也超过了两百阕。但正是这部《域外词选》启发了学者思考域外词的意义与定位，思考域外词的多重价值。域外词既是中国文学之域外影响的直接表现，体现了中国古代文化传播的强大辐射性，同时又是中国词的重要参照系，生动地体现出域外词对中国词或反射、或折射，或吸纳、或拒斥的复杂性。域外词的研究和中国词的研究是相辅相成的。

《域外词选》的经典启示性还体现为引发学者关注不同地区的域外词之间的复杂关系。相对于中国词，域外词当然有其整体共性，但不同地域的域外词之间，因与中国的不同关系以及各民族的不同文化心理，音乐、文学、礼俗甚至语音等诸多方面因素的影响，实际上是有巨大差异的。《域外词选》首次将日本、朝鲜、越南并列作为域外词的主要组成部分，尤其是书中对于越南词的选录，揭示出中国词的传播方向从东亚地区涵盖至中南半岛等东南亚地区的历史存在。又如书中附录了五代词人李珣的词作，李珣是波斯胡人的后裔，但世居中国，接受汉文化教育，其文字水准与中国优秀文人相比毫不逊色，作品早已选入《花间集》，是居于中国的域外人的词。大约因其所作不能算做严格意义上的域外词，故阑入附录。实际上到金元时代，来自域外其他民族的词人如色目词人等并不稀见。他们和李珣一样，某种程度上可作为域外词与中国词的连接点。不同地区的域外词，其繁盛程度和创作水平固有高低，但在宏观层面却反映了历史上以东亚为核心的亚洲地区的文化交流之结构和方向。这就要求学者不能仅仅孤立地考察某一地区的域外词，既应将域外词作一个整体看待，又要充分认识其丰富性与复杂性。

以夏先生的《域外词选》为基础，实际上还有不少工作是可以继续推进的。如广泛搜辑域外词的所有作品，详加校订、笺释、编年、考证，纂为《域外词全编》；完整汇辑域外词评、词论、序跋等相关文献，纂为《域外词学资料汇编》；研究中国词与域外词的交流传播、域外词的若干核心问题，撰为《域外词通论》；研究域外词的发展沿革，考察域外音乐文艺的流变、分析域外词的文学特质等，撰为《域外词史》。这些方面，目前已有不少学者关注，论著也不断涌现，相信《域外词选》所引发或启示的这些研究方向会越来越受到重视。继承夏承焘先生在该书中所体现的精审眼光、弘阔格局，进一步结出坚实而丰硕的学术成果，是后学者的责任。